［日］平野启一郎 —— 著

周砚舒 —— 译

浙江出版联合集团
浙江文艺出版社

图书在版编目（CIP）数据

一月物语/（日）平野启一郎著；周砚舒译. —杭州：浙江文艺出版社，2017. 8
ISBN 978-7-5339-4899-3

Ⅰ. ①一… Ⅱ. ①平… ②周… Ⅲ. ①中篇小说－日本－现代 Ⅳ. ①I313. 45

中国版本图书馆 CIP 数据核字（2017）第 122557 号

一月物语

作　　者：［日］平野启一郎
译　　者：周砚舒
责任编辑：柳明晔　邵　劼
封面设计：棱角视觉

浙江文艺出版社　出版发行

地址：杭州市体育场路 347 号
网址：www. zjwycbs. cn
经销：浙江省新华书店集团有限公司
印刷：上海中华商务联合印刷有限公司
版次：2017 年 8 月第 1 版　2017 年 8 月第 1 次印刷
开本：787 毫米×1092 毫米　1/32
字数：50 千字
印张：6　　插页：4
书号：ISBN 978-7-5339-4899-3
定价：36. 00 元（精）
（如有印、装质量问题，请寄承印单位调换）

蝴蝶栩栩然舞动着，
在梦与真之间。
——透谷

明治三十年[①]初夏的一个黄昏。

奈良县十津川村往仙岳的山间，青年孤身一人，久久伫立。他上身穿着飞白花纹外褂，下面是小仓棉布裤裙，虽然高齿木屐换成了草鞋，但剪得很短的清爽发型、稍显憔悴的面容，都像是在东京三田附近逡巡似的，极为普通的书生打扮。无论如何，这和周边的景色实在不相配。

青年的容貌颇为俊美。但是，如同用锐利的针在赭色铜版上刻下了数条线般，他那深陷的眼

①公元 1897 年。

窝里满是阴影。眼睛眨得很快，眼睑总是会连着眨巴两三次。这是舶来的所谓黑胆汁质抑郁型的表情，恐怕开化之前的人们从未见过吧。在这样的环境中，这表情也分外显眼，很是怪异。

郁郁苍苍的柞木林盖住了整个山坡，饱吸了薄暮时分的绯红，就像浸满了蜂蜜的蜂巢般膨胀起来。晚霞褪去，从树叶缝隙透下来的阳光也渐次消失。

回首顾盼时青年才意识到这些，他止住脚步，呆立在那里。

“我这究竟是走到什么地方了呢？”

杜鹃鸟的叫声四起，直上苍穹……

青年名为井原真拆。按虚岁算今年二十五岁。

为了去熊野本宫参拜，他从桥本出发，沿小边路这条古道已行走了两日。从伯母子岭到五百濑，这一段路程向以险峻著称，他循例在途中的上西客栈住了一晚。真拆在那里换下因旅途奔波已严重破损的草鞋，买了两双新的。天亮了，今天因故出发得稍晚一些，没想到旅程却很顺利，虽步行迟迟，竟也翻过了五百濑，来到了三浦，在黄昏时分眼看就要爬到那山顶了。

从十几岁时起，真拆就屡屡为世人称为神经衰弱的疾病所困扰，经常去旅行以排遣郁闷的心情。这原本是听从父母的建议而开始的。先是父亲提议出去走走，而后母亲也表示赞同。真拆通过第一次旅行体验到了其功效，之后就一直主动服用这味灵丹妙药了。

大多数时候没有固定的目的地。随着自己的

心情乘上火车，感到厌倦了就下车在当地流连一番。或者眺望着街道，或者去寻访名胜古迹。有时候也去人迹罕至的名胜处巡游。就这样信步而行，有时候也会很意外地走出很远一段距离。但这并未让他感到不快。对于真拆而言，肉体直接从外界经受疲劳，反而会让他感到愉悦。那和一次触碰到金属片般的内部共鸣器后间接得来的疲劳是本质上完全不同的东西。它宛如旅途中的尘垢，是在客栈洗一个澡即可随水流冲走般的舒爽的疲劳，是能和晚餐一起消化掉的疲劳，是在出发的早晨可无意间弃置于床铺之上的疲劳。——是诸如此类的疲劳。

数天之前，真拆突然又怀念起了这疲劳。于是他在大学里向几个朋友借了钱，回到寄宿的叔父家打了招呼，又借了些钱，几乎什么都没准备，只穿着身上的衣服就奔向了新桥的车站。

真拆现在之所以会在这样的深山里徘徊，是因为几段机缘。若追根溯源，那些机缘均发端于此。

不管不顾一个劲儿地跑到车站之后，真拆在入口处站住，思索了片刻。

“想也没想就已经来到了这里。——那后面应该去哪里呢？……是毫不犹豫果断向西，还是到上野去然后向东走呢？”

上一次旅行，真拆寻访芭蕉的足迹远赴松岛。那这次该朝相反的西方出行了吧。不过，当松岛的美景在心中重现时，真拆觉得再去一次相同的地方也是不错的。

“去上野吗……”

自言自语着正要出发时，无意间四五个穿着西式服装的人从他面前走过，有男有女。

“……啊，即使樱花已经落了，吉野也是风光旖旎之地呀。”

这样说着莞尔笑着的，是一位三十岁不到的女子，斜撑着阳伞、窥视着旁边母亲模样的人的脸。法兰西发髻上斜插着玫瑰发簪，上面又戴了帽子。头发颜色很深。脖颈白皙，如莲茎一般亭亭细长。淡红色的阳伞撑开，又好像莲花的花瓣。圆圆的帽檐翻上去，宛若一圈鲜丽的雄蕊。怎么看都是一位华族千金，把一身华丽的白色礼服穿得自然得体，显得高雅娴静。她在拥挤的人群中遽然停下脚步，那姿态让真拆想起了莫奈画里的女子，以前他曾在叔父的书斋里看到过。

和那幅复制的名画中的女子相比，这位毫不逊色，洋装非常合身，并不令人讨厌。高跟鞋搭配得也很好。这样一身装扮，很有些古典气质。头上的饰品也是如此，微妙地融合了日本和西方的意韵，散发出神奇的魅力。

那位女子忽然回过头来望着真拆，若有所思地略歪着头。唇上涂着淡淡的口红，彬彬有礼地微微张开，皓齿隐约可见。她是想要说什么吧。真拆不禁盯住女子的眼睛。但是，什么话都没能说出口。不过，那专注的脸庞紧绷着，仿佛已经诉说了什么似的。

真拆满心疑惑。犹豫之间，他以相同的眼神无言地向对方传达了什么。那是没有上升到意识层面的、连本人都不清楚究竟为何的一些话。——不过，女子对此报以满意般的浅笑，依旧一言未发就默默回过头去。她重新迈开步伐，这次如同换了个人似的愉快地招呼着走在前面的男伴儿，穿过熙熙攘攘的人群走进检票口，不知何时消失在了站台的另一边。

真拆呆呆地目送那背影远去。

“说到吉野啊……”

他独自嘟囔着走到了售票处，在那里买了向西去的东海道线的车票。

这是第一个缘由。

真拆在站台上又看到了那位女子，在这最后一瞥之后再也不曾遇见她。本来他们就是乘坐上等车厢的身份，而真拆就只能在拥挤不堪的下等车厢中，听大家聊着战后的繁荣马上就要不保啦、米价又要上涨啦这类话题，甚至无法入座，只能一路站着。因此追随女子左右就成了无法实现的奢望。不过，纵使能够实现，女子也不会希望他那样做吧。双方的言语交流，并不能用那种明目张胆的方式去做，而必须更为隐秘地、更为偶然地去达成。为此，虽然并没有任何明确的目的地，但真拆还是怀有一种模糊的期待，觉得去到吉野之后或许能在某个地方和女子再次邂逅，对这个想法他甚至有些信以为真。

在京都住了一宿之后，第二天从七条的停车场出发，坐上了刚刚开通不久的奈良铁路线，穿过木津到达奈良，在那里又换乘到了大阪铁路线上，经过王寺到了高田。

在这里又住了一宿。

近在眼前的吉野，让真拆浮想联翩，怀念不已。

实际上真拆还从未到过那里。但是，从少年时候起他就非常爱读《太平记》《楠公三代记》等书，想象中已经数次踏足于此。在现在即将到达的现实中的吉野，古代南朝的景致则早已如露水般消失殆尽。然而，一个缓步探寻往日梦幻旧迹的美女的倩影倏然闪过……

怀着这样的思绪，翌日清晨，真拆乘上了南和铁路的列车。一会儿之后，他注意到了一位斜向坐着的老汉。老汉身着碎白点和服便装，腰间缠着紫色的绉绸角带，扎着绑腿，卷起的裤管处露出了骨瘦如柴的腿。胳膊枯瘦细长如牙签一般。体格却出人意外地健壮。

若要说他身体强壮，但那岁数也太大了。他的脸就像是糖分尽失的干柿子，没什么肉，面色稍黑，稀疏的白色胡须邋里邋遢。头顶剃成了半月形，尚未全秃，头发残存在耳朵以上部位，所剩无几。

二人素昧平生。不过，之所以会意外地觉得脸熟，是因为自昨日在京都起，他们就一直乘坐同一辆列车。今天也是，在同一列火车的同一个车厢里不期而遇。真拆不由自主地朝他的脸望去。于是，老汉站起身来和真拆搭话。

这是第二个缘由。

“你终于注意到我了啊。”

老汉顺理成章地在真拆身旁坐下，很是热情地打开了话匣子。

真拆对这种旅途中的偶遇并不期待。如果可以，他希望孤身一人继续旅程。假如要有偶遇，那也必须得是在他心情好的时候、在他心仪的地方发生才行。若非如此，那本应从旅途中取得的疗效就会减半。

真拆一时之间面露不悦。不过，他未显示出半分让老汉有所顾虑的样子来。老汉不断变换着话题，时不时因自己讲的笑话哈哈大笑。再加上他的衣着打扮，总让人觉得有些毛骨悚然。真拆的亲戚里面有一个精神失常的人，他曾到疯人院里去探望过几次。因此真拆非常清楚，精神存在异常的人经常会发出无意义的干笑。老汉的笑法大致就属于那一类。

别无他法，到达葛这个地方之前只能忍了。真拆这样想着，随便回应着这个男人的话。真拆问过之后，老汉说他要一直坐到终点二见站，从那里步行去高野街道，经小边路前去参拜熊野的本宫。

“正好，搭上旅伴你也安心了吧。不管怎么说，小边路是很僻静的古道呢。”

老汉补充说道。听口音像是河内一带的方言。

真拆顿感错愕。

“这个些许令人不快的老头儿，难道要和我一路同行到熊野去吗？——真的假的！”

想到这里，真拆才首次认真地开口回绝道：

“很是抱歉，我并没有去熊野的打算。我要在葛站下车。”

——这对老汉来说貌似是个不错的消息。他再次独自高声笑着说：

“不要去吉野啦。不如你和我一起去熊野参

拜吧！”

真拆忍不住露出焦躁之情。

“您要去熊野的话，那是您的自由。去就是了。但是，我说要去吉野，那也是我的自由。没有理由和您说这说那的。”

听到这话，老汉这次又发出了让人无法忍受的笑声：

“虽然你说不去，不过葛站刚刚已经过去了。下一站就是二见了。”

真拆赶忙向外看去。从景色来看根本无法分辨。他叫住正好从面前经过的列车长，询问下一站是哪里。

“对，后面是二见，是终点站。”

真拆惊讶地回头看着老汉。老汉还是满脸堆着浅笑，紧紧地盯着真拆的脸。那模样总觉得像是一个怪物，一副对人而言毫无可取之处的神气。列车时不时剧烈摇晃着，依旧不停地向前奔驰。车窗处隐约传来风吹进来的声音……

越是回忆，真拆就越是觉得混乱。无论如何返回去想，都找不到列车曾在葛站停靠的记忆。没在那里停吗？不，应该没有那种可能。那么就是没有注意到？不过，不光是葛站，真拆记不起来列车曾在外面哪一个停车站停过。就好像是从高田一路飞奔直接来到了这里。的确，看表的话，确实已经过去了相当长的时间。既然如此，那么……

这时，一只误入车厢的碧凤蝶，从两人眼前优雅地飘舞而过。在一双略微带绿的金粉底色翅膀上，左右各有一个奇异的绯红色斑纹。头部一对触角，机灵地直竖着。

老汉看到蝴蝶，半是自言自语般地朝着它说道：

“哎哟，连你都来这种地方接我啦？”

他唰地伸出双手，把蝴蝶扣到了手掌中。

“……咋啦，马上就到那里啦。”

终于抵达二见时，老汉把蝴蝶放到空中，说

了一句：

“别迷路啦。”

——真拆从头到尾目睹了这一幕，越发觉得这个男人很是讨厌。

错过了葛站没能下车，这让真拆颇为不快。原因之一，被这样一个疯疯癫癫的老头儿分了神以致坐过了站，这件事情本身就让人不爽。再有，去不了吉野，也就失去了和撑阳伞的女子再次邂逅的机会，非常遗憾。蝴蝶被放飞时，真拆感到，就像那翅膀上散落下来的鲜亮的鳞粉一般，对那女子的幻想仿佛也被放飞天际，消失不见。那个时候两人之间达成的不可思议的约定，仿佛已经完全变成了虚空，无法抓住。而且总觉得，自己被吉野、被那女子拒之门外了。这样想着，真拆自暴自弃起来，不可思议地决定要随这老汉一起到熊野去，觉得和脑袋有问题的老爷子一起去阴森森的熊野参拜也未尝不是一件好事。

……但是，和蝴蝶一起消失的不仅仅是对那

位女子的幻想。启程之后，此前喋喋不休的老汉变得一言不发，只是一个劲儿向前走，时不时地从怀里取出纸来，口里念念有词，似乎正写着像是诗歌一类的东西。开始的时候真拆为此感到高兴，内心觉得哪怕是片刻的清静也很好。但马上又不安起来。喋喋不休的时候都搞不清这男人的路数。如果他沉默不语，那越发不能大意了。

于是，真拆尽可能地找了几个无关痛痒的事情来探问。结果意外地得到了认真的回复。最初问的都是些怎么都行的问题，后来慢慢觉得那样并不尽兴，索性问起一些有实际意义的事情来。其中一个问题是关于旅行路线的。真拆试着问道，要去本宫的话，从五条出发沿着十津川一路走过西熊野街道，应该这样走吧？选这条路线是因为真拆自己想一边看着大河一边行路。老汉却说，那里的路在之前那次大洪水中被冲垮了。可能已经整修过了，不过慎重起见还是决定取道小边路。顺便提一下，这里说的大洪水指的是明治二十二年八月因暴雨引发的十津川泛滥一事。那次灾害严重，随处可见大面积的坍塌，出现了三十七个堰塞湖，四百二十六所房屋完全被毁坏，一百八十四所严重受损，二百二十七余町的田地被淹，包括时任宇智吉野郡长的玉置高良在内，遇难者高达一百六十八人之多。当时的视察报告书中费了很多笔墨记录下悲惨的灾情，第二天，“十津川沿岸村落之旧观已荡然无存”的消息就流传开来。

对于这一稀松平常的答复，真拆还是觉得有些沮丧。于是他说，那样走的话再稍微绕个远儿，顺路再去一下高野山也好。

老汉用嘲讽的口气回道：

“我不喜欢和尚。”

这下子真拆觉得，就像是手中拉紧的网突然间脱手、一下子向后摔了个大屁股蹲儿一样，已经到了嘴边的很多话，硬生生地全都咽回了肚子里。

真拆和老汉在这日桥本住了一晚，第二天一早离开，顺着高野街道，一口气走到了上西客栈。路上老汉还是沉默寡言，不过有时会回想起刚才对旅行线路的交谈，也不像是对着谁说，只是闷闷地嘟囔着“难道要让我再走一遍那条路吗”之类的话。

至此，真拆还没有报上自己的姓名。因为对方没有问，他也就没说。另一方面，老汉也没有报出家门。也是因为真拆没有问他吧。于是真拆挑选着合适的词汇，稍显愧疚地报上姓名，捎带也问了老汉的名字。

老汉说：

“俺是伴林六郎光平。”

真拆闻言心里一惊，紧盯着老汉的脸。老汉继续说道：

“俺是天诛组。”

看着一脸惊诧的青年，他心满意足般地大笑起来。

真拆当然不会相信他的话，不过觉得开这样的玩笑很是讨厌。真拆之所以感到毛骨悚然，并不是因为想到了自己正和早已被斩首的天诛组亡灵一起旅行，而是因为他从老汉脸上再次看出了疯病的征兆。接着他又觉得和这样一个男人结伴旅行实在危险，想来想去打算在上西时天不亮就溜出住处，想办法逃掉为妙。

结果，真拆在上西真的和这老汉成功分开了。不过实际情况却和当初的计划大相径庭。可以说，愿望是以与预想完全相反的方式达成的。

第二天早晨，真拆一直睡到日上三竿时。屋檐下的阴凉都已缩得很小了的时候，旅店老板娘放心不下，才来把真拆叫醒。

对一个神经衰弱的来自东京的书生而言，几乎没做任何准备就一路小跑般地翻越伯母子岭，实在是迫不得已的事情。再加上昨天夜里，住在隔壁房间的几个去高野参拜的家伙诵着拜神歌折腾到很晚，因此真拆直到深夜才睡着。

被叫醒的时候，就像其他睡过头的人经常会做的那样，真拆一下子把双眼瞪得和盘子一样大，接着扑向了枕边的怀表。

已经十点多了。

真拆烦心地咂着嘴，朝旁边看去。老汉已经不在了。铺盖已经卷起来，行李也不见了。

“请问，和我住在一起的老爷子呢？”

真拆诧异地问道。

对此，老板娘颇有些犹豫地回答说：

“嗯，那位啊，很早就启程离开了。”

“离开了？”

“是的。我也问他了，同行的那位这样没问题吗。他说就是在路上才刚认识的，没有什么关系。不过他把两个人的房租都给付了……另外，他还自言自语地说些这里的人就是靠不住之类的话，我也觉得很不高兴……不过，果然还是应该早些告诉您才是。”

“……不，也没什么的。”

真拆简单应付道。这时他差点笑出声来，暗自想到：

“不管怎样，能摆脱这位老爷子是好事。——不过，这样的事情真是少见。”

老板娘走出房间后，真拆迷迷糊糊地发了会儿呆，被狐狸迷住了这个说法，估计就是以前的人经历了这样的遭遇时创造出来的吧，他如是想。脱着睡衣时他忽然想到：

“话虽如此，说是狐狸作祟，但这位就只是骗人而已，可是一文钱的好处都没捞到呢……捎带着还连房费都给付了……”

想到这里，心中生出了一个之前未曾想过的疑虑。于是他慢慢地把手放到随身携带的信玄袋上，看钱包里的东西是否都在。钱都原封未动地在那里。除了钱包以外，袋子里只有两本书，一本是登载有《即兴诗人》的最新一期的杂志《目不醉草》，另一本是拜伦爵士的《恰尔德·哈洛尔德游记》。当然也都还在，未被染指。

真拆放下心来，同时也越发想不明白，再次觉得自己一定是被狐给迷住了吧。要不然就是被狸给骗了吧。不管怎样，这些想法都比那位老汉是天诛组亡灵这一说法要好得多。

经历了这样的奇妙事件之后，真拆离开上西，再次踏上小边路。终于能够享受渴望已久的旅途的慰藉了，真拆满心喜悦。

目的地没有变。真拆也考虑是否暂且返回去参拜高野，转念一想，既然好不容易才来到了这里，决定还是直接去本宫。

晴空万里，一望无垠。山上的绿色淡妆浓抹总相宜，沿着山脊不断攀升，一切都沐浴着日光，呈现出明亮的色彩。山脊线绵延消失在远方，淡淡地，静悄悄地。那渐白的山顶处不时传来黄莺的婉转叫声，更添了几分静寂。

过了三田谷、进入三浦之后，真拆的脚步也变得从容起来。望着路边朴素开着的姬着莪、舌唇兰、毛柄堇菜等野花，倍感赏心悦目。它们令人欣喜的可爱姿态，使真拆数次驻足。等看到稀稀疏疏开放着的龙头草时，真拆想起来曾有古人把那些层层叠叠连在一起的紫色花朵描述成被砍掉的女鬼手掌。他就这样不时陷入这些不着边际的空想中。

日薄西山时，越过山岭的目标终于达成，真拆掬起路边涌出的清泉润一润喉咙，然后在清凉的藤蔓阴下的岩石底稍事休息。虽然并未觉得特别疲劳，也没有不得不休憩的理由，但当水送入口中时，好像那水马上就渗透出去了似的，浑身开始汗流不止，心里着急赶路的气焰不知不觉间熄了下来。

——即便如此，怎么会一下子就在那里停留了半小时之久呢？

独身一人身处大自然中，这种感觉让真拆陶醉。从上西出发一直到五百濑，一路上去高野参拜的人、门新的往来行人等络绎不绝，街道也相当繁华。不过奇怪的是，在那之后竟是人烟稀少，从刚才坐下来到现在，打真拆眼前走过的就只有一个高声喊着“这个竹原八郎啊”的男人，以及和他同行的另外一个人。

不久后真拆沉沉地站起来再次上路。刹那间忽然有东西掠过脸庞。定睛一看，如撒满金粉的地儿上微微地盛开着绯红色的花，这正是之前看到的碧凤蝶。它翩翩舞动了两三下翅膀，宛如树叶一般，就要斜向敏捷地飞走。真拆不由自主地随之望去。当然他并不觉得是同一只蝴蝶。只是，一晃之间映入眼帘的那罕见的红色斑纹，和老汉放飞的那只蝴蝶的花纹一模一样，这引起了真拆的注意。

开始的时候确实就是好奇而已。但是，在白昼的街道上飞舞的蝴蝶，很快就占据了真拆的心。据上西的老板娘说，今天之内或许就能走到本宫。不过本来就是漫无目的的旅行。不那么急着赶路，在路上花两天时间，或是花三天时间，都无甚要紧。走到上汤温泉附近肯定会有旅店，在那之前的西中或是玉垣内应该也能有可以留宿的地方吧。幸运的是盘缠还有富余。那样的话……一边思忖，一边乘兴天真地追逐一下蝴蝶。看得越久，就越是被那无与伦比的美所吸引，加之那种诱惑般的又有些冷酷的氛围，与渐已忘却的撑阳伞的女子重合，驱使真拆越发忘我地追过去，偏离了山路，穿过灌木丛，不知不觉真拆已在森林深处盘桓良久。

——这是最后一个缘由。

……真拆慢慢地把目光从夕阳的余晖中移开，总之决定还是先走回山路那里去。

真拆无论如何都想不起到这里来时的路程。从留在双臂上的伤痕可以想见应是相当艰险，但即便如此，脑子里却对那段光景没有丝毫的印象，这是为何呢？斜坡很陡，脚下也很难走。然而中途从未因前路受阻而无法行进，一直追着蝴蝶过来了，这多少也有些奇特吧。

而且，现在蝴蝶已不见了影踪。

环顾四周之后，真拆发出一声叹息。

在这里，之前街道沿途看到的景象全然不见了。四周到处都是繁茂的柞木林，或是生满了苔藓，缠绕着藤蔓，或是被野兽剥去了树皮，兀自歪斜着，交错着，暴露出皴裂的奇怪形状。无数的花朵从树枝上垂下来，在晚霞映照下如同红黑色的虫豸。时而微风吹过，花儿在因风作响的枝条上轻轻摇曳。

夜色渐次铺开。深山中，黑暗沉积到底处，更底处。不知何时，它吞没了脚踝，吞没了膝盖，注意看时已逼近胸部。即使如此，暗潮依然没有退去。吞没了颈部，高高地超过了头顶，进而又填充了无数层，吞没了山峦，吞没了晚霞，最后连天空都要全部吞下了。如同死去的鱼在深海里远远望着仿佛彼岸的水面一般，如同那细细的鳞片再也不能被月光照耀一般。就这样，整个世界，和黑暗一起，沉到底处、更底处。

地上是不知已累积了多少年的腐殖土，酸味和甜味微妙地融合形成了潮湿的气息，再加上漫无方向地要返回来的弹力，每一次踩紧时，都会觉得下面像是铺了一层尸肉，催生出令人不快的错觉。脚陷在颤颤悠悠的起伏里，受制于无法随心控制的力量，特别的还未完全腐烂的枝条磨蹭着脚掌，发出类似于被压坏的骨架般的声响。

头顶上空混杂着黄莺的鸣啭，杜鹃也频频叫个不停。那叫声总让人觉得凄惨。因为凄惨，却也清澈盈耳。

真拆边走边再次搜寻从街道来到这里的回忆。他觉得这次好像能够想起几个断片般的情景了。但还是无法确定路线。返程中看到的景色，竟似一点儿都记不起来。如果是到过一次的地方，应该会把周边景色里的某处认作标记，以此牵引着模糊的记忆之网，预告出下面将会看到的景色。但这种情况竟完全没有发生。出现在眼前的树的样子，草的茂密，全部都是第一次才刚刚看到的感觉。走着走着，真拆记起了从高田出发后错过了葛站一直到了二见时的感受。那个时候也是这样。那一段时间里，好像被时间之流抛弃了一般。恰似那只误闯到了车厢里的蝴蝶，在飞过车厢这头到那头这段短短的距离时，停车场一个个地飞驰而过，等到醒过神来，已经被带到了陌生的土地上。

这时，某个不吉利的想法忽然涌上真拆心头。

“那日在新桥站看到的撑阳伞的女子，帽子上是镶着白色的边饰吧？……啊啊，没错，果然，没错。虽然我已经彻底忘了那样的事情，但之前确实曾在什么书里读到过。爱尔兰有这样的传说，男子邂逅了戴着镶有白色边饰的帽子的女子，六个月之后就死掉了……”

如上回想时，女子的脸突然浮现在真拆脑海里。接着，又出现了在天空中舞动的碧凤蝶，以及把它放飞的那老汉的手掌。女子的明眸眨动，蝴蝶翩然起舞，翅膀上背着的绯红色纹样倏地隐藏起来，再接着，老汉的手掌扣住蝴蝶，骤然紧闭。霎时间三重景象交错，在那之上，新桥站，下等车厢，小边路，上西，三浦岭，种种全部一闪而过。真拆第一次思索起这种种之间的机缘和关联。随后忽然不安起来，故意语气粗暴地自言自语道：

“……别犯傻了。那种迷信算什么呀！——首先，遇到那个女子，莫要说六个月了，不是一个星期都还没过去嘛……再者，现在我正身处奈良的深山中。并不是爱尔兰……真是的，我这到底是怎么了……”

但是，这样的自嘲并没能让真拆感受到多少慰藉。

望望前面，好像夜色又更浓了几分。脚下不稳。靠在裸露的树根上，不经意间把手扶到树干上时，手掌下响起虫子被压烂的声音，于是赶忙把手撤回。手心里残留着少许黄绿色的汁液污渍。

“的确没错，遇到那女子是在几天之前，而且这里并不是爱尔兰。”

真拆抬起头，默不作声地想着。接着又不禁想到：

“不过，这时间和地点对现在的我来说都是很危险的。”

——此时，真拆看到前方有两个红灯笼果般闪耀的绯红色点儿。

“……那个……是那只蝴蝶吗？”

但是，就在他想要走上前去的一瞬间，那亮点嗖地飞到了踏出去的右腿上。

异常敏捷，宛如射出的箭。

“啊啊！”

类似麻痹般的剧痛热热地传遍小腿。心跳加速，冷汗浃背。

眼前亮如白昼。疼痛的来源处有两个闪着奇怪光芒的绯红色点儿。真拆数次蹬向空中，但那炯炯的亮光始终没有消失。使劲摇腿，再次使劲摇腿。用左脚踹。浑身冒出的汗忽然间变为露水消失殆尽。额头的热量也迅速流失。真拆呻吟着，右腿奋力一振，忽然间脚下一黑，如同触到了冰片一般，一瞬间烧热退去。

干糙的鳞片擦过脚踝。

晕眩中真拆跪在地上。喘着粗气。胸口剧烈起伏。伸出颤抖的手摸向小腿，指尖沾满了滑腻的黏液。

鲜血淋漓。

“——我要死了吗？”

真拆这样想着，按住伤口，运一股劲儿用手挤出了血。然后用另一只手在袋子里胡乱摸索，找到手巾紧紧握住，随后就这样失去了知觉。

无边的寂静中，杜鹃的叫声清晰响亮地传来。

夜终于排尽了最后一丝残照。青紫色的穹隆中没有月亮。

往仙岳的山间，一个青年伏身倒在地上。而现在，他的身旁一直站着另一个人影，朦朦胧胧的。

○

睁开眼时，真拆正躺在床上。就如同远远地只听见叫声、慢慢到了近处才忽然停住的蚊子一般，终于恢复过来的意识，似乎一不留神又要忽闪忽闪地飞走了一样。

“这里究竟是……”

能够觉出是在室内。不过，没有点灯，无法窥知房间的样子。黑暗完全盖住了四周的深浅颜色，以至于闭上眼睛时反而会觉得一片明亮。

想要起身时，头疼遽然猛烈起来。没办法，只好稍稍转动脖子看看周围，慢慢地眼睛也习惯了，能够分辨出东西的阴影来了。

看上去像是一间四叠半大小的房间，真拆估摸着。接着发现枕头边上放着一路带来的信玄袋。伸过手去，稍稍碰到了袋子底部沾着的泥土污垢。

“……哎呀，对了，那时候在山里失去了意识……然后……然后……不行，不知道了……但是，总之，成了现在这个样子，是被谁给救了吧？”

过了一会儿，传来草鞋摩擦地面的声音。

慢慢地走近了。声响终于停住，门轻轻地开了。屋子里点上了灯。

“您醒过来了？”

走上前来，举着蜡烛望着他的脸的，是一位大约年近花甲的剃了发的男人。

“……是的……请问，这里是什么地方呢？”

“是您昏迷过去的往仙岳的山里。您被毒蛇、估计是蝮蛇吧，咬伤了，是我把您从昏倒的地方搬到了寺里来。”

“原来是这样……是毒蛇啊……不，真是不知该如何表达谢意才好……”

僧人拦住想要勉强起身的真拆。

“被咬的伤口处开裂得厉害，流了很多血。被狗什么的咬了的时候，如果仓促出手的话也经常会弄成那样。——不过，那样蛇毒也就流出来了，反而是件好事也说不定。虽说是蝮蛇，可也万万大意不得。您还真是运气不错。”

“……是吗？”

稍稍停了一会儿，真拆又接着说道：

“这里离熊野的本宫远不远啊？我本来是要去往那里。”

“本宫还要往南，离这里很远……走的小边路？”

“是的。”

“那估计是在三浦岭那里走错路了，误走到百町的渡口那里去了。直接走的话应该能到小谷那里。”

“啊，怪不得从那一带起突然没什么行人了呢……这样啊，走错路了啊。”

说到这里，真拆想起了自己追逐蝴蝶时的样子，不禁发出一声叹息般的苦笑。

“可能是中毒的原因，您被魇住了很长时间。像是做了噩梦的样子。”

“噩梦啊……说到梦，到今天为止的所有事情都好像是做梦一般……那个女子是，那个老汉是，那蝴蝶也是……”

听到真拆发出倦怠的叹息后，老僧这才面色缓和地反问道：

“到今天为止的事情？”

“是的，没错儿。这两三天，各种各样奇妙的事情接连不断。”

“原来是这样，那样说来，一切可能都是梦。”

“嗯？”

“因为您已经像这样在床上躺了整整三天三夜了。”

“整整三天了？……这样啊……怪不得肚子都饿了呢。”

真拆又像叹气似的笑了笑。

一阵夜风穿过庭院从门口吹进来，轻轻拂着脸颊。倍感舒爽，就那样闭上了眼睛。

“……就请这样稍微等一会儿可以吗？这样的深山里，没有什么好东西，但估计您今晚左右就能醒过来，我提前做好了粥。我去端饭，请稍等一下。”

老僧出了房间，真拆一个人静静地听着远去的脚步声。

夜出奇地平静。

“或者，难道这个瞬间也是尚未醒来的梦的延续？”

从老僧离开时打开的窗户望出去，一弯新月，如同细笔快速勾勒出的一般。那幽暗的月光下，真拆重新睁开的双眼，就像水生动物的卵一样闪耀着纤细清澈的美。如同冲刷着海滨的微波一般，过来又回去，眼睛的润泽好像永不会干涸。憔悴的脸上，仅有这两只眼睛，现在依然保持着曾经的美貌。

的确，真拆是一个眉清目秀的青年。不过，那种美在世人眼里却是异样的美。例如，绘画或雕刻等艺术，有时会把恶魔或阿修罗等人物表现得美得非同寻常。相对于神或帝释天等崇高的存在而言，用在恶魔或阿修罗身上的力，把原有的丑恶荡涤成绮丽，包裹成颇具魅力的形象表现出来。——要说的话，真拆的美，应该就是那一类的美。

认识真拆的人都认为，这无论如何都是和他这个人不相符合的。

说到底，真拆对于恶的想法是相当凡庸的。而且，因为这个，理所当然地，不能容忍作恶。如此，说到为什么会把他的容貌和恶魔或阿修罗相比，那是因为他身体里经常会燃起烈烈的激情。

追根溯源，“激情”这个词是从 impassioned 一词翻译过来的，是真拆从李白的诗里借用过来的。他平日擅长作诗，已向几家杂志投过诗歌和诗论的稿子。真拆的新体诗非常新颖，被那些日渐得势的浪漫主义诗人奉为先驱者，受到他们的热烈追捧。其中，在从他论拜伦爵士的文章中发掘出了“激情”这个词以后，世人从中感受到了令人战栗的新鲜感，那之后只要一评论真拆，就肯定会用上这个词。

真拆自己从很早以前就拥有了这激情的感觉。如此说来，就像是他的宿疾一般。为了感受真正的生存，就不能期望在经年累月之后终于在最后有所收获的这种生活，而是要追求瞬间的超越，必须要体验非持续性的、单个的纯粹的亢奋，必须要体验一击之下即要打破全部生活、不再回首的那种猛烈的冲动。血，如果不像沸水那般翻滚，马上就会停滞变色继而凝固。肉体，如果不被痛苦地狠狠地驱使，就会沉沦至温吞吞的倦怠之底。

激情是遇热溶解后形成的一块闪耀着金黄色光芒的玻璃。如果要把它用在生活中，就必须赋予它于生活有益的普通形状，在手能触碰得到的时候，必早已冷却下来。残存的只是细弱的光泽。而且，就连这光泽最终也会消失，蒙上一层手垢，然后恐怕还会在日常某个毫无意义的瞬间，不经意间碎成一地。

真拆对此非常不屑。尽管如此，他并不清楚该以何种形式来成就自己的激情。他内心有所准备。但是，相对于殉情之徒而言，他总是过于理智。

在激情即将付诸行动之前的那一瞬间，真拆必定会缩回那已经伸出去的手，退后一步，注视着自己方才想要触碰的那个地方。然后左思右想。考虑是不是真有触碰的价值。或者考虑触碰的后果。考虑到底没能触碰时的情况。在那过程中，激情分分秒秒冷却下去。没有成形就那样冷却下去。能够消散殆尽的话当然好。但是，在那之后必定会徒然地残留下沉重丑怪的块垒。

那令人忍无可忍。无法承受那沉钝的重量。

少年早熟时，真拆曾接触过末期民权运动，认识了几位旧自由党党员，决定和他们共同展开行动。他擅自盲目地激发起了残留在体内的激情旧迹，寄托于碰巧正在近旁的政治性运动，想以此来成就这冲动。只是，仅限于此而已。结果，那次也是，他无法出手，又只能焦躁地望着自己的激情冷却下去，除此之外无计可施。同时还会在心里蔑视那些民权壮士的愚蠢，抑或是嗤笑因后藤象二郎入阁导致大同团结运动的失败，如同嘲讽自己一般笑着。

真拆的人生可谓是某种不间断的重复。在那之后，他曾立志想要成为让东洋摆脱颓势的大政治家。也曾想做一名雨果那样的小说家，以文笔来掌控政治和思想方面的问题。还想过要成为思想家。也想过做大商人。到头来哪个都没能实现，现在勉勉强强欲以诗人的姿态立于世间。

真拆在诗歌创作上倾注了自己所有的激情。他写作速度之快经常让诗友们惊讶不已。其工作状态正可谓意到笔随、笔随意走。因速度非常，其中甚至有人指责他的创作态度，认为比起作品的洗练程度，真拆把重点放到了作诗这一行为本身上面，本末倒置。这指摘可以说切中肯綮。不过即使如此，人们依然不会怀疑他的才能，因为笔快并不一定降低他作品的质量。一些恶俗的浪漫派诗人的诗里经常充斥着阴郁的感伤和满腹牢骚的冗长文句，这些在真拆那里全然不见。他的抒情诗语言简洁，表现力强，洋溢着对远方的憧憬，而且，语言无法完全表达的纤细感情的震颤，如清泉般在那字里行间潺潺流淌着。

那么，他作为一名诗人是否获得了充分的满足呢？这倒也未必。毋宁说是怀有不满。那是为何呢?

诚然，虽然偶尔会有不如意的地方，但总体而言他对自己写的作品是满意的。诗坛的评价也不坏。他觉得通过创作好像对激情作了妥善处理。不过，即使是诗兴大发、最为高产的时候，也会屡屡陷入严重的神经衰弱之中。——这是他无法理解的事情。

真拆的不幸在于，他没能意识到存在于创作和生活之间的根本矛盾。倾注到民权运动上也好，倾注到诗歌创作上也罢，真拆都会有一种模糊的期待，觉得同样都能成就激情。他认为，平日的诗歌写作，是非持续的单个亢奋的集合，是各不相同的新体验。实际上确实有这种感觉。但是，诗歌创作带来的是向内的沉潜，不知不觉之间已将他带离了现实生活。注意到时好像世界已经远远离去。那个过程让人不可理解。虽不可理解，却可以感觉的形式感知得到。所以他才出去旅行。在旅行中确证肉体的苦痛。

神经衰弱日益严重时，真拆的左半边脸会稍稍歪斜。再然后，平日里不会发病的颈部痉挛的毛病，也会一点点、一点点地发作。很多人都认为他的容貌有异样的一面，或许就是因为这个。

饭桌搬过来了，真拆挪动身体想自己坐起身来。他支起胳膊，稍稍欠起了身子，但就像向上吊着的线扑哧一声断掉了一般，他的头又跌落到枕头上。老僧把手掌放到他的额头上，确认是否发烧。

“还是有些发烧，不过您还是稍稍用些饭食为好。”

真拆挽住伸过来的手臂，坐到饭桌前面来，立时感到一阵轻微的晕眩袭来。

“趁着没凉请用吧。”

饭桌上摆着白粥和几块萝卜咸菜。拿起筷子，正要去取粥时，真拆改变了主意，把碗放了回去。犹豫片刻之后，他郑重地深深低下了头。

“您救了我，还给我做了饭食……”

老僧对此并无回应，只说了句“请”。真拆这时才抬头正面看到了老僧的样子。干薄面皮上没什么肉，给人恬淡之感，烛光映照下诸多皱纹格外醒目，又给他增添了几分深度。不过，可能是为粗茶淡饭操劳过度的原因，看上去苍老得很。甚至可以说老得不很自然。没有蓄须。身上只穿一件简陋的单衣。

真拆垂下视线，想要拿起筷子。这时候又犹豫起来。老僧看他这个样子，温和地微微一笑说：

“不打紧。请自便。”

真拆也报之一笑，不很习惯地双手合十之后，夹起一块腌萝卜出声地嚼了起来。

○

“很疼是吗？”

“嗯，不知怎么突然就……”

吃完饭后正在喝茶的真拆，忽然变了脸色放下了碗。

“还是不要勉强的好。据我看，伤口好像很深。如果不在这里休养一段时间，恐怕都走不了路。”

“一段时间？大概要多长时间呢？”

“这，我也不敢肯定，不能说什么——慢的话可能要一个月之久吧……”

“一个月啊。”

“您着急离开吗？”

“不，本来也是没什么目的的旅行……只是，如果久住会给您添不少麻烦。”

“……那个嘛，没甚关系。”

老僧这样回答道。不过，从沉吟片刻之后给

出的答复中，真拆多多少少察觉到了老僧内心的想法。于是他补充道：

“我也没有久居于此的理由，打算康复后就马上下山继续旅行。打扰您的修行，非常抱歉。”

老僧沉默不语，稍稍点了点头……

饭桌撤下去后，老僧又回了房间一趟。他让真拆躺在床上，然后自行报上家门说：

“还没有请教过您的大名。贫僧法号圆祐。”

听到这话，真拆苍白的脸上微微泛起了一层红晕。

“这真是，是我疏忽大意了……应该由我向您禀报姓名才是。——我叫井原真拆。”

“MASAKI[①]先生。”

“是的，是植物‘定家葛’[②]的古称。这植物又称为真拆之葛……家父爱好能乐，是从今春禅

①“真拆”的日语罗马字。

②一种中文名为金叶络石的植物。

竹的那部能剧中取的名字。他还说如果真要叫定家的话，那同名的人恐怕就太多了，”

“原来如此。”

“我在东京的大学里念书，一边也写些诗。认识的人都以为这‘真拆’是笔名，估计都会觉得我是一个惯会装腔作势的家伙吧。当然我的本名就是这个。”

“您能写诗啊？”

“嗯。”

——这时，真拆抬起视线，看到雪白眉毛下老僧那半睁的眼睛里，眸子似乎微微颤动了一下，于是闭口不语。随后他故意转开话题：

“真没想到，在这样的山坳里还有座寺庙。特别是这一带……”

“是的，这里就只有这一座寺庙。这里本来是烧炭小屋，并不是什么能称得上寺庙的地方。也没有名字。”

老僧轻轻地回答说。

这位名为圆祐的老僧，原先是十津川乡大字大野那里南刚山上曹洞宗兴圣寺派玉林寺的一位指导禅修的高僧。那是大约二十五年之前的事情。字松山，俗姓千叶。指导整座寺院的堂堂高僧，现在却住在这人迹罕至的深山庵庐中，其中有些缘故。

而且，所谓的时代大势也起到了推波助澜的作用。

圆祐在玉林寺的时候正是幕末到明治初年，是日本本国的佛教界面临着前所未有的危机的时代。不用说，庆应四年[①]的神佛分离令引发的废佛毁释，就是原因所在。

表明该运动之过激程度的时事案例不胜枚举。兴福寺的五重塔和三重塔一起被拍卖，以二十五日元的价格成交；天平写经摆在古文物商的店头，一捆才五日元；再有，失盗的千体佛被澡堂当成烧水的柴火——都是这一类的事情。在佛

①公元 1868 年。

阁纵火、毁坏佛像等暴行也并不罕见。

但是，即使放眼全国来看，像十津川乡这般彻底废佛毁释的地方也没有几个。对此无须格外称奇。追溯这个地区的历史可知，在运动之前，以曹洞、临济这两大禅宗为首，天台、真言等派都在此地建起了数量众多的佛寺，毋宁说这才是更应让人惊叹的。

十津川乡的废佛毁释始自明治元年乡民们复建玉置山神社的请愿书被批准之后。当时的玉置山处于京都圣护院的管辖之下，却因为高牟娄院僧官的专横，与乡民们隔绝已久。申请获准后，乡民们立即断然废佛，把佛教从此地清除出去，进而又于明治六年把乡内五十一所寺庙悉数废止。大野川附近的玉林寺就是其中之一。

到了那步田地，还俗的人不在少数。另外也有外面的寺庙过来邀请。不过，圆祐当时刚刚取得了印可，自是回绝了这些邀请。随后，并未将去处告知他人就毅然弃寺而去，独身一人飘然四方，开始了长养圣胎的云游之旅。

……到此为止的情况了解得很清楚。但是，这之后圆祐的行踪却很难溯及。原因之一是，他一直以与俗世所见的乞丐无甚差别的装扮继续云游。另一个原因在于，那个时代对僧侣甚为冷漠，因此很难留下他在江湖上行走的足迹。可是，又过了两年之后，圆祐突然又回到了这十津川乡。之后，在偶然落脚的某家温泉旅舍中，为某件事情所触动，豁然大悟，认识到此前自己信以为彻悟的境界，说到底不过仅仅是罗汉境界而已。从现在来看那是二十二年前的事情，当时他三十八岁。圆祐立即用厨房里的柴火烧掉了印可状。以此为契机结束了行脚，到这往仙岳的深山中结庐而居。

这一逸闻中也还有些许不明之处。据说，当圆祐决定要住到山间的烧炭小屋里去的时候，有几位同好在那旁边盖了一座简陋的禅堂。那些人都是当年参加过废佛毁释的家伙，这也堪称一件奇妙的事情。圆祐没有拒绝他们的好意。真拆现在躺的地方，就是原来那烧炭小屋的所在。而从刚才开始圆祐来来回回的，就是当时建起的那座禅堂。

真拆此前当然不可能知晓这些前前后后的事情。只是当他想到这是和护良亲王、楠正胜有渊源的地方，想到十津川乡士的事迹，就猜测认为“这一带还真是的”。实际上，大部分的村民都皈依了神道。

少顷，圆祐说道：

“后续之事，容后再论。真拆先生现在乃大病初愈之身，窃以为还是多加保重为好。”

真拆露出以自己的饶舌为耻的神情，稍稍点了点头。

不经意间望向老僧背后，烛花照出了他的影子，朦朦胧胧地在墙面上摇曳。

“那么，我就此退下了，请您好好休息。”

圆祐下到泥土地面上，轻轻地打开了门。

蜡烛的火焰被透进来的风吹歪了，一瞬间猛地蹿上去，而后像是被什么人扣到了手掌中一般，噗地熄灭了。

黑暗拥抱着真拆。微微颤抖的纤细的手指，摸着瘦下去之后更为锋利的下颚棱线，不知不觉间发出了一声有气无力的叹息。

像抹口红的女子一般，他用无名指摩擦着干渴的嘴唇。碰到了一点儿舌尖。

○

三天之后，不需要圆祐搀扶，真拆也能勉强自己站起来了。

恢复得很快。腿还是发麻，还是疼，但伤口没有化脓，拄着拐杖就能走路了。

真拆起居的小屋隔壁是厕所和禅堂，是所谓

的筷子盒型结构，正面朝西一溜儿排开。山的斜坡深深地挖了进去，在房子前面有一块三坪[①]左右的庭院。这里并无禅寺特有的那种枯淡意趣。杜鹃花啊兰花等各色花儿开得正艳，非常热闹。

用花丛围着的，是种着萝卜和茶树的农田。旁边还有分割成小块的田地。花和作物看上去好像都没怎么修整过，却全部生机勃勃，繁茂得密不透风，看那长势，也许是心理作用，总觉得一天天地越发旺盛起来。

可能是毒还残留在体内的缘故，真拆虽然倦怠无聊，却因轻度重影儿而无法读书。因此，黄昏时分到院子里乘凉，就成了数日以来唯一的乐事。

今天出来得比平时稍早一些。这是因为昨晚和圆祐的一番交谈让他非常介意。

昨天，真拆用圆祐汲来的水拧了布手巾，时隔许久之后洗净了身上的污垢。从煮饭用的水到盥洗等其他用水，好像都是去附近打来的涌出的

①1 坪约合 3.3 平方米。

泉水。到现在为止真拆一直以为出水的地方有一条瀑布。奇怪的是，白天的时候并未留意，但到了夜里肯定会听到水流动的声音。

比起瀑布，那声音更像是一条大河。夹杂着流水声，也能听到赤翡翠鸟的叫声传来。但是，在这样的深山中应该不会有河流，真拆猜想应该是瀑布吧。

真拆对着正在收拾水桶的圆祐拜托道，等稍微好些了希望他能够把自己也带去那里。

“好长一段时间没有泡澡了，如果能泡个澡肯定会神清气爽的。”

对此圆祐大致点了点头。但是又说路途难走，故可能无法成行。

真拆一副并未死心的样子继续说道：

“但是，并不很远吧？是很大的瀑布吗？”

圆祐露出了奇怪的神色。然后回答说：

“并不是瀑布。是两根方竹那般细小的泉水。”

真拆愣住了，想现在就问问圆祐那个打湿耳朵的声音是什么。——但是，那个时候声音却消失了。

有了这样的经历后，真拆一反常态在白天就走到了庭院里。

坐下之后，真拆像是要闯入森林里一般侧耳倾听。这天山里依然非常宁静。鸟的叫声自不必说，就连细微的枝叶晃动的响声，都被风毫无保留地吹送了过来。但是，并没有传来水的声音。真拆怀疑这是自己的错觉。而后，穿过树丛吹来的风太过惬意，不知不觉真拆就忘了那事儿，现在就只是恍惚地把视线投向眼前展现的景色而已。

对于自然风物，真拆拥有某种神秘的感觉。这在当世的浪漫派诗人当中，就气质而言，可以说是他独有的一种**真正的**浪漫主义式的感觉。

真拆相信，在到达自然的最深远之美的那个瞬间，所有的语言都已变得苍白无力。在那个瞬间绝对无法产生出诗来。举例来说，那并不是因为法悦吞没了语言这一理性的不好对付的仆从，使得思考被剥夺了。真拆认为，那是因为在到达的那个瞬间，作为认识主体的人与作为对象的自然戏剧性地一致起来，认识本身成了无法实现的事。是因为作为叙述者的自己与被叙述对象之间的区别消失，成为了一个整体。

作为诗人，真拆身上有一个重大的瑕疵。那就是，从那瞬间返回后，他不会再努力停留于语言上，在本质上欠缺这种努力。然而，这种欠缺并非是因为懒惰。应该说那成为一个整体的体验，才是真拆真止向往的。

一开始接触到西方的自由主义思想时，真拆觉得自己脱离了儒教式族长制度的伦理，把佛教式寂灭为乐的思想也排除在外，好像找出了作为个人生存下去的道路。自己是由自然和社会这双色丝线编织而成的，解开这双色线后，真拆发现了剩下的如玻璃珠般的个体存在，为此他惊喜不已。真拆觉得那是纯粹地拥有一个完整价值的世界。他设想着明天，自己的激情以自己特有的方式得以实现。

但是，慢慢地，真拆开始为自我的苦痛感到烦恼。

真拆其实并不清楚那究竟是什么。他意识到肯定是有什么。要由自己来发现它。然而，存在于那连它究竟所为何物都不清楚的，也还是自己。

如此想来，就成了自己发现了自己。那么，是无论什么时候都有两个自己吗？无法确定。那两个自己究竟是不同的东西，还是相同的东西呢？能够存在不同的区别吗？本来井原真拆这个人只有一个。那样的话，就只能是相同的东西。是相同的，但是又有两个，是这回事儿吗？——就此打住，就认为只有一个吧。而且，就认为那才是自己吧。这样果然就想通了。但是，自己究竟是什么呢？……

这样的思索渐渐地把真拆引到了西方式二元论的矛盾上。从一到二，需要无限的跳跃。但从二到三，从三到四，就只需像走路一样稍稍迈出脚步就可以了。真拆几乎在不知不觉间就飞过了最初的藩篱。等他意识到时，世界已经如同一个压一个倒下的多米诺骨牌一般，处处变得凌乱不堪。

真拆像在旅途中罹患了不知名的疾病一样，不明原因地痛苦着。即使如此，还是无法舍弃这已然拥有的自我，无法下定决心回归到作为一个自然现象的存在。别的自不得言，激情亦不允许他那样做。因此，他始终抓着自我，又满心期望能够与不被那二元论切断的某种超越性存在融为一体。我就是我，是彻彻底底的一整个存在。真拆想要那存在能够完美无缺保有原来的大小，同时还能与解决了所有矛盾的最高存在成为一个整体。

而且，对于真拆而言，那绝对存在正是自然

深藏的美。

真拆的这种感觉当然不是靠思辨养成的。硬要说的话，是思辨在与生俱来的感觉那里找到了出口。

背靠着小屋的墙壁，眺望着悠远的群山，真拆从刚才就开始思考起盲人的生活状态。

身体健全的人往往生活在视觉的预告中。例如在走路的时候，如果看到百步之后依然有路，那么可以说已经预告出了前方的世界。这个时候，人往往会启用一种能力，单方面地把对空间的预告错当成是对自身存在的预告。能够通过确认接收到的世界的像，来想象几秒钟后或几分钟后自己将切实地身处其中。能够把空间的连续直观地置换成自我存在的连续。因此，世界和人反而经常会为预告所侵蚀。这个瞬间是为预告服务的。

但是，盲人的世界里却只有当前。世界绝对无法被预告。在接触到的那个瞬间，世界才显示出它的样子。只在那一瞬间，存在又忽然消失了。远方的山从未存在过。能够使之存在的，就只是去到那里后实际踏出去的那一步。据此，和被确认了存在的山建立起新的交集的他自己，也是在那个时候才存在着。

未来绝不会受到侵蚀。那一刹那，世界和人的交游应是绝对性的。

在某种严肃的紧张之下，每一个瞬间都为之一新的世界与人的透彻的交游。那种惊愕。那种幸福。

……真拆此时浑身都感受到了这个地方的景色中藏有的不可言传的强大力量，羡慕着那样的瞬间。未来不可被预告的一个绝对的瞬间。独身一人只能由肉体、只能由行为引导出的那个瞬间。总之，正是在那个瞬间，不，只能是在那个瞬间，自己才得以真正地与自然合为一体，真拆暗中怀有这样的预感。

○

在山中小屋里醒来后的第六天的黄昏时分。

真拆和往常一样走到院子里，一边在掌心玩弄着偶然间捡到的小石子，一边眺望着森林那里。今天也是一样地百无聊赖，刚刚拿起的书马上又被丢到旁边，只是一味地叹气。

坐下一会儿之后，圆祐从禅堂里过来说话。

“您的腿怎么样了？”

声音非常坚定。

“嗯，多亏了大师您的照顾，已经恢复得很好了……还是多少有些疼，不过按现在的情况来看，应该很快就能痊愈。”

真拆灿烂地笑着回答。

真拆之所以满面笑容，并不只是为伤口愈合感到高兴。现在日常的琐碎事情全部能一个人应付了，因此也就少了很多和圆祐讲话的机会。这在真拆看来也是无可奈何的事情。但是，不管是在院子里遇到，还是在如厕时擦肩而过，圆祐经常装作没有看见。真拆很是纳闷儿，他不是故意在避开自己吧，不是自己的言行有什么失礼的地方吧，很是担心。

“那样最好不过了。”

圆祐边回应边在旁边坐了下来。

远处的晚霞烘烤着天空，很是艳丽。山间被染成了红色，像是红叶时节已经来到一般，杜鹃的叫声不断传来。

真拆径直望着前面说：

“这山里杜鹃叫得很厉害哪……听，现在也是……黄莺和别的鸟儿，都是在傍晚飞到这一带来觅食，就只有这鸟儿，很奇怪，总是在远处叫着……听到这叫声，我好像有些明白古代人为什么称它为来自黄泉之鸟了。也说不清是为什么，但就是那样觉得。”

圆祐并未作声，默默地望着夕阳。两人之间

明显横着一道沉默。

真拆若无其事地瞄着老僧的神色。和那天晚上一样，淡然而不染尘埃，很是慈祥，怎么看都是一张大彻大悟的人的脸。说不出话。沉默如同画在水墨画上的余白，空虚但又无处不在。这老僧的内心好像原原本本地呈现了出来。

内面的生活。——这种东西果真是存在的吗？

面对圆祐时，真拆多次产生了这样的疑虑。平日，对别人表面表现出来的东西，他持一种不可轻信的态度。那是因为，对场面啊仪式啊这些上一时代传下来的美德的认识，受外来的不相信人的观念所侵蚀，奇怪地转向了阴暗面，盘踞在他的内心。与人交往时，他总是把意识推向对方的内心深处，必须要弄清楚隐藏在那里的东西。然后，必须小心地把缠绕在那里的感情的丝线一根根解开。只有在这一切完成之后，才能够相信他。

这对真拆来说并不算难事。无论缠绕得多么

复杂，毕竟都不会有解不开的丝线。但是，当面对圆祐时，这些习以为常的努力却变得毫无用武之地。向着老僧内心推进的真拆的意识，总是无法深入下去，注意到时已又穿越到了外面。

之后就只剩下了原先的沉默。那么，是不是可以相信那沉默呢？对此还是觉得不安。怀疑那是不是能够相信的东西。为此，像是努力试图去解开那根并未缠绕的丝线或者说是本来并不存在的虚幻的丝线一般，真拆总是不得要领地与这老僧的沉默对峙着。

少顷，圆祐把脸朝向真拆这边，自行拂去了沉默。

“有一件事情必须要和真拆先生言明。”

“什么事情啊？”

真拆端正了坐姿问道。

“真拆先生的伤已经好得差不多了，估计需要劳您大驾亲身去做的事情也就多起来了——您在寺中走动都没有问题。只不过，请您不要靠近禅堂对面的那个小屋。”

“禅堂对面？哎，有那样一间屋子吗？”

“是的。您能够遵守这个约定吗？如果不能遵守，那就无法再让您逗留于此了。请一定给我一个答复。”

“……啊，当然可以。”

真拆面带诧异地回答说。

“既然大师这样说了，那我一定遵守……”

“您确定吗？”

“确定……不过，为什么呢……能请教一下原因吗？”

圆祐露出要思忖片刻般的神情。随后慢慢开口说道：

“……按理说，如果闭口不谈，更会勾起想一探究竟的欲望。并不是什么需要隐瞒的事情。——实际上，在这寺庙里栖身的，并不是只有我一个人……小屋里还住着一位老妪。”

“一位老婆婆？”

“是的。”

“但是，一个人住在那种地方？”

“是麻风病人。”

“……”

“虽说上了岁数，但总还是女人，不愿意让自己那变得奇丑无比的容貌曝于人前。看在慈悲之心的分儿上，还请您不要前去窥视捉弄于她。”

真拆变了脸色。

“……原来是这么一回事……当然会遵守诺言。我也并非那般冷血之人。”

“只要您遵守，其他尽可随意。为更快地康复，您多少也需要活动活动身体。”

这样说着，圆祐抬起头来，脸色依然十分凝重。

太阳渐渐落下去，天际慢慢沉到一片黑暗之中。那影子比夜色更为黑暗。而后，从那黑暗的最深处执拗地升起了杜鹃的鸣叫。

真拆心想：

“就这样畏惧着死亡，一个人听着这叫声吗？”

不一会儿，圆祐默默地去往禅堂。真拆目送着他的背影，之前一直对这位老僧怀有模糊的敬意，这次才切实感觉到了。

圆祐的沉默仍难以揣摩。不过，把这和老妪放到一起去想，这让真拆稍感欣慰。如果说圆祐是在这山里守护着一位孤独老妪的死，而且担心日渐恢复的真拆的脚步会冒犯到她的话……

真拆慢慢把视线投向禅堂边上。

现在看不见那小屋的影子。但是，像被某种来路不明的不祥之力紧紧攥住，唯独那里的黑暗渐浓起来。

如同死掉的星星把光吞没了一般，就像山里的生气都以那里为目标汇流而来一般。

“就这样畏惧着死亡，一个人……”

真拆想着，拄着拐杖站起身来，脚趾处一阵微风吹过。

地上薄薄地落了一层影子。随之回头望向东边的天空，尚未全圆起来的半月，如同一捧开始融化的冰块，渗到云霞中，皎皎地。

○

那之后又过了三天。

清晨，真拆来到院子里，手掌抚摸着苍白的额头，无精打采地耷拉着脑袋。

“……怎么会。”

这个季节本不该有的薄雾缠绕在院子里的树上，像海藻一样飘浮在空中。从滑到眼窝处的手指缝里望着那景象，真拆想起了记得不很清晰的奇怪的梦。

他已经连续几夜做着同样的梦，恐怕从来这里那天起就每夜都会梦到。

是昨天觉察到的。

和前一天完全相同的梦境，又一次更为清晰地出现了。真拆觉得这非常奇妙，继而恍惚地记起来，在那之前的那天也做了同样的梦。就这样，忽然间记忆串联起来，虽是微弱的并不连续的记忆，但真拆慢慢意识到，再前一天也是，再往前一天也是，果然都做了同样的梦。

现在真拆能够从头到尾完整地回想起来。

梦的内容是这样的……

夜里，真拆藏在暗处，望着一位女子。女子还很年轻，二十岁出头的样子。背对着这边，光着身体站在一块木条踏板样的东西上。

脚下是刚脱下的衣物。旁边放着桶和盛满水的盆子。地点不明。但周边万籁俱寂，除她之外不见一个人影。视线深处能够看到森林。

明月分外皎洁。女子的身体在月光照耀下妖媚诱人，渐渐裹上了一层氤氲。

满头浓密的乌发直达腰间，映着雪白的肌肤，十分美丽。女子从刚才起就在花心思要用梳子别住头发。肘部抬高的手臂的样子就像是停在花间休息的蝴蝶一般。轻轻地微微地摇摆着，停在了头顶。修长的脖颈不时略微弯下，一闪露出了面颊的曲线，又立刻隐藏起来。肩膀很窄。背部像饴糖般光洁润滑。

绾好头发后，女子静静地放开交叉的手臂，垂了下去。顷刻之间，蝴蝶变成了小梳子的样子。

这期间女子一直望着盆里浮起的月色。不一会儿，慢慢地单膝着地，用手里的桶掬起了它。满月在桶里水面上摇曳。

真拆出神般眼睛一动不动地盯着那倩影。

女子略显犹豫般把桶倒在肩头。水静静地滑过，滋润着肌肤。背上瞬间闪耀起银色光辉。

——光辉紧接着射到了真拆的眼睛里。之前屏息凝气潜在一旁的他，因为想见那隐藏起来的容颜而浑身颤抖。不知不觉间手指用力系紧了草鞋的鞋带。

放下手里的桶站起身来时，梳子忽然从女子头上掉落。

梳子打在木条踏板上，轻轻弹了起来。水珠飞溅。像洒水一般，头发散落在濡湿的身体上。女子用手梳理头发。双臂再次结成了蝴蝶……

接着，女子感到了忍不住向前走去的真拆的气息，正要回头看的那个瞬间——梦忽然被带向了现实的彼岸……

第一次意识到这梦的那天，真拆一边嘲笑那平凡欲望之旺盛，一边愉悦地回忆着陌生女子艳丽的姿容。

并不认识这位女子。想起裸体呈现出的无与伦比的美，也能够确信这一点。不过，不知为何非常怀念。宛如从很久以前就很熟识的人一般。也可能是渐已忘却的那位阳伞女子吧。不过又好像不是。梦中女子的背上有一层哀婉的氛围，这是车站偶遇的那位女子所没有的。而且，女子身上还有一种虚幻，好像她无法存在于别处，只能住在梦里。

真拆猛然想起了前一天听到的老妪的故事。那般哀婉的故事，在记忆的某个地方颠倒过来，变成了完全相反的猥亵的梦，这种情况也可能会意外地发生。怜悯之情越深越真挚，在梦里就越会表现为轻薄的行径，这种事情也是存在的。想着想着，忽然间沉浸到无法排遣的寂寥之中，把脑海里浮现的种种猜测悉数抛到脑后。不可思议的梦。不过，真拆觉得，梦之谜，即使解不开也没关系。

但今天早晨不一样。又做了和前天、昨天一样的梦。而且觉得和听到老妪的故事之前相比，梦的时间好像更长了。

真拆认为那也不是不可能的事情。也有可能是疲劳的原因。但是，不管怎么说，从头到尾完全一模一样，这总还是不同寻常。

——从刚才开始就为此感到困惑，站在院子里想来想去。

今天早晨做完这个梦后，真拆马上无端想起了“幽兰露，如啼眼。无物结同心，烟花不堪剪”这首诗中的一节。不，说是想起并不恰当。语言并未表现为文字或声音，就那样突然浮现，自行从嘴里冒了出来。那过于突然，真拆觉得像是有人借了自己的口倾诉一般，多少有些不快。

其实真拆一时之间未能想起这一节究竟是什么。走到院子里，翻来覆去思考良久，终于近乎偶然地撞到了那题目上。

那是李贺的苏小小歌开头的几行诗。这又是出乎真拆意料的。

真拆平日并不是很爱读李贺的诗。只不过在很久之前曾读过《李长吉歌诗》，背诵了其中几篇而已。苏小小歌就是其中的一篇，现在已经不再诵读。

那几句诗骤然从记忆深处复苏，在尚未完全从梦中醒来时来到了他那干燥的唇边。就好像有人从其他数量众多的句群里面，故意只挑出了这几句。就好像把小捞网伸到鱼塘养鱼笼里，对那一群群鲜活的鱼视而不见，特地捞出了那已经沉底的濒死的鱼。

实际上，这种体验并不是今天早晨第一次出现。数日前，正好是听到那水声的时候，真拆突然想起了“水弄湘娥佩”这句诗。

那次并没有念出声，只是浮现在脑海里而已。平时不论是诗歌还是小说，只要是喜欢的真拆都会记住，因此那些断片偶尔会在某个时机下迸发出来。不过，他并不会逐一仔细玩味那些句子，所以那时候也只是稍稍想了一下，过后就放下了，并未放在心上。

但是，现在回过头去想，总觉得那好像也是李贺诗歌的一节。题目记不得了。前后诗句也想不起来。不过，如同不经意间在梦中见到了久未谋面的故人一般，对真拆来说，在这样的深山里无端邂逅李贺的诗，总觉得有些令人毛骨悚然。

“幽兰露，如啼眼。无物结同心，烟花不堪剪。”

一个清冷的早晨。真拆因种种联想而产生了不祥感，再次吟出了那句诗。随后把视线投向笼罩着院子的雾霭，径直向远方望去。

小鸟的鸣啭不同以往地远。天空已渐渐泛白，不可思议地让人产生清晨也已远去的感觉。群山层峦叠嶂，浮现在波浪般的云烟里。那影子令人绝望般硕大。

忽然想到，今天是什么日子了呢。自从来到这里，真拆自然地就不再计算时日。并不是怀疑圆祐的话，不过一直昏睡了三天，这段时间让真拆很难确信。诚然，圆祐并没有理由说谎。但是，不管睡了多么长的时间，只要是醒来了，那个瞬间和睡着的瞬间就像用糨糊粘在一起一般连上了，所以一直睡着的那段时间，只会让人觉得像是时间流逝时在下面安上了轮子一般的弛缓。

一句话就说是三天。不过，那么长的时间里，难道能一次都不睁眼一直睡着吗？说不定在被发现时就已经过去好几天了呢。一天，两天，还是更长的天数呢。如果不能明确这一点，只一味地数着日子，终究是无意义的。

……真拆陷入了折磨自己的不可名状的不安之中，如果不武装上这些大道理、不赋予其形状就觉得无法忍受。确实，三天时间很长。但是，在山中徜徉时的记忆，不要说是三天前了，让他觉得好像已经是发生在数月之前甚至数年之前的事情了。不，不管用上多长的时间，都无法表达那种感觉。与其说记忆是被具体的时间隔断了，不如说是被非时间的什么东西给割裂开了。

真拆产生了一种奇妙的错觉，觉得自己好像被隔离到现实的时间之外了。那并不只是意味着无法确定自己在日历上的位置。在这里好像还有另外的时间在流逝着。又或者是时间本身并没有在流逝。那种感觉变成了不安，挥之不去。

这不安有好几个原因。比如，平时随身携带的怀表不知丢到什么地方去了，这也是原因之一。真拆好像把它落在山里了。

不过，除此以外还有两大原因。

一是现在身处的这个院子的景色。

真拆几乎每天都到这里来，因此把那匆忙变化的景象全部看在眼里。那是颇为异常的。一开始还以为是自己的错觉。但是，那光景逐渐明朗起来，如今自己看到的东西已变得不容置疑。

——躺在床上，翌日再睁开眼睛时，花儿就变大了。树木的枝条也在伸长。叶子的绿色也更深了。每一个变化都是用肉眼一看便知那般巨大。

在这里，大自然好像动用了别的什么力量，在异常显著地促进万物生长。不，与其说是促进，更像是近于悲痛般地在迫使其生长。而且，那程度并不相同。从真拆起居的小屋开始，越过禅堂，朝着老妪所在的那个地方，变化逐渐猛烈起来。正像固定住一个横倒在地的圆锥的顶点转动一般，好像越是靠近老妪的小屋，扭曲着的时间就越快地流逝着。

再有，另一个原因，是不时向真拆袭来的幻觉或幻听之类。

走到泥土地面上去穿草鞋。拂去肩头的灰尘。把筷子放在饭桌上。用手推厕所的门。系上信玄袋的袋口。打哈欠。挠头……在做这些日常的细微动作时，真拆总是会忽然看到黑夜里孤身倒在地上的自己。头顶上杜鹃叫个不停。手里紧紧握着肮脏的布手巾。眼睛里进了尘土，很疼。面颊处碰到了正在腐烂的枝叶。鼻孔里吸进了泥土。多足类的虫子从眼前爬过。从伤口处不断溢出微温的鲜血。然后，在黑暗深处，两个红灯笼果般炯炯放光的绯红色点儿亮了起来。——所有这些，如果说是幻觉，那也太过生动了。各自都有着确定的触感。具有向肉体压迫而来的难以抗拒的力量。而且，这些奇妙的现象一天天出现得更为频繁，持续时间更长，像是要把真拆拉到森林深处去一般。

真拆有时会痴痴想起浦岛传说的故事，又觉得从半是认真地考虑这事儿的自己身上看到了发疯的迹象，感到很是不快。的确，这里没有任何龙宫那般华丽的东西。有的只是一个孤独老妪的孤独的死。通常这类想象会被当成是无聊的产物而已。不过，即便如此也还是无法安心。下山之后，与之前相同的、自己赖以生存的世界依然存在，真拆完全无法相信这一点。把在陌生的土地上兀自度过的时间末端，连接到在别的地方也在径自流逝的旅行之前的时间上，把它们连接起来，真拆觉得这是相当困难的。

至少在这之前的旅行从未让真拆产生这样的苦恼。实际上，从旅途归来的第二天起，就又理所当然地开始过上曾经的生活。

现在想来，那是非常靠不住的。那样的事情

本来就是不可能的，不是吗？真拆不禁怀疑起来。

就这样，这些没有理由的怀疑根本无法反过来让自己信服，反而会更添一层烦恼。其实，真拆觉得，越是想把这些疑虑看作无稽之谈，就越会招来更深的空虚不安。

雾霭渐渐散去。真拆猛然间感受到了人的气息，回头望去。

禅堂的门依然关着。

思索中断了，他叹息着再次望向天空。乌云那边，金乌奋勇张开了翅膀。转身要回到小屋去时，抬起的脚底下，蜗牛慢吞吞地爬着。残留在地面上的那痕迹，像银粉般闪着光。

○

那之后，又过了几个晚上，真拆连续做着同样的梦。

每次脱衣服的时候，女子都会反复用新生的光辉洗刷身体。那身姿越发鲜明，已经很难分清是梦还是现实，即使是醒来之后，那浓郁的记忆残香仍让真拆如醉如痴。

真拆现在依然觉得这梦有若干不吉利之处。他也会怀疑，那场景一个劲儿地重复，难道不是疯病的迹象吗？但是，就连这种阴暗的情感都已转变成女子奇特的魅力。就寝时，真拆体内既有得见女子的喜悦，同时又有一种恐惧，担心今夜也依然会遽然失去。第二天早晨，比前一天更为确定地实现了再会之后，他精神恍惚，独自置身于那余韵的深处。

昨天和今天白天都下了些雨。真拆为此感到

高兴。然后又祈祷雨不要停，继续下才好。在这之前，就像和圆祐说的那样，真拆打算等伤愈之后马上下山。但是，自从被梦中女子迷住之后，那决心就逐日动摇，最近总是这个那个找各种留在这里的借口，很是烦恼。

真拆有种自己被这座山吞进去了的感觉。昨天在检查受伤情况的时候，他这样想。肌肉撕裂、中毒化脓肿成了紫色的那伤口，也在区区十余日之后只剩下了疮痂，好得差不多了。也不再疼了。因伤导致的发烧和呕吐也消失了。

真拆对此很感奇怪。伤口康复当然是该高兴的事情。不过，就在一星期之前，不拄拐杖甚至还无法直接站住。现如今就已毫无障碍地在寺里溜达。是药的作用吗？也有这种可能。但是，即使如此，到痊愈应该还得再花些时日才对。

夜里，雨过天晴后真拆来到了院子里，望着月亮照耀下静静闪光的花儿，不安地把视线落到腿伤上。接着，他这样想到：

“或许我已在不知不觉间置身于此地猛烈的时间洪流之中了。”

渐盈凸月透过流动的云层，若明若暗。天上刮着风。

真拆抬头向上望着。

就像一点点卷起了镜面上盖着的深蓝色罩子一般，月亮日渐明亮起来。在这个地方，只有从它那渐渐圆起来的样子上才能感知岁月的流逝。而且，就像走进一间小屋子的人从积在东西上的灰尘的厚度能够判断出已许久没人来过一般，真拆只有看着夜晚那苍白的光逐渐润满庭院的样子，才能真实感受到时光流逝。时光从天空泻下来。好像是和月亮遥相呼应，花儿更为芬芳，绿树继续伸展开枝叶，一切都向着某个瞬间，令人心酸般地使劲儿生长。

时间的激流继续冲刷着伤痕，连那些细微的残迹都要荡涤一清。从那激流的底下，夜的景色不停伸出手臂，要把真拆拖入深潭之中。

只有被那黑暗僵硬的手紧紧抓住时，真拆才会觉察到伤口处隐约的疼痛。只有当身体沉入那幻影之底时，真拆才会觉得像是置身在了那曾经的时间里。

女子的梦和这座山密切相关。——真拆之所以这样想，是因为感觉到那渐次明朗的光景和这时间流逝在某个地方互相作用着。下山以后将再也见不到女子。离开寺庙意味着舍女子而去。真拆无法把这当成旅途中的奇特回忆而放手，他已经远远地凝望女子太长时间了。

圆祐好像看出了真拆不愿下山的想法，一有机会就来询问伤口的情况。真拆对此只能敷衍了事。这样数次之后真拆内心还是不安，因此近来除了不得不去禅堂用餐以外，尽可能地对圆祐避而不见。

对此真拆自己也并非没有觉得不对。梦和幻觉，一切都是蛇毒的后遗症吧——有时也会这样怀疑。但是，还是无法离开那里向前迈进。疑虑转瞬间就被各种体验的异样诱惑力给压倒了。

有时候甚至连现在这个瞬间的现实都被它给吞没了。宛如醒来的这个瞬间也是朦胧的幻境一般。就好像被梦见的是真拆自己。

○

真拆醒过来后第十五天的夜里。

在禅堂用过晚饭后，圆祐放下饭碗，以与平日无异的恬淡表情向着真拆说道：

“真拆先生，您已经赏过今夜的月亮了吗？”

“月亮？……不，今天还没有。”

“是满月。从您来到这里已经正好过去半个月了。看样子您的伤口业已愈合。是该下山继续旅行的时候了，您觉得呢？”

真拆低下了头，没有回答圆祐的话。

“真拆先生，您留在这里已无任何益处。既然伤口已经愈合，明天就上路离开为好。我会把您带到山脚下。”

“……”

“真拆先生！”

“……无论如何都不能容我再在这里逗留一段时间吗？”

圆祐没有作声。

“究竟为什么呢？”

真拆变了脸色，不知不觉激昂地抬高了声音。

“究竟因为什么呢？请您明示。如您所说，伤已经好了。承蒙大师您各种照顾。还提别的要求确实有些厚颜，这我也十分清楚。但是，大师您如此恳切地想要把我赶走，肯定是有什么原因吧？我严格遵守约定。没有靠近小屋一步。这样除了领受三餐之外，并没有别的需要劳烦您的地方。麻烦您的这段时间，虽然并不是很合适，但我打算通过布施奉上谢礼。我留在这里有什么不方便吗？也不是要住一辈子。再待一段，后面真的再待很短一段时间就好！”

面对真拆心慌意乱的逼问，圆祐放下已经喝干的紫石茶碗，冷漠地这样放言说：

“我本来就不是因为慈悲而相救于你。在那一刹那，是硬要说服那意欲弃你而不顾的自我执着才出手相救。”

沉默立刻捏住了余音。真拆一时呆住了。然后他撤回了探出去的身体，双手直接碰到了地板上。地板发出嘎吱嘎吱的轻微响声。

“真拆先生又是为何如此贪恋此处呢？”

“……”

“这里什么都没有。什么都没有。——这一点难道您不明白吗？”

真拆低下头来，一时无语。随后轻轻点了点头。

“那么，明天一早就离开这里吧。今天就请真拆先生好好休息吧。”

圆祐收拾好饭桌站起身来，瞥了真拆一眼，独自离开了那里。

只剩下了一片寂静，真拆的激情无处可以发泄。

——为何如此贪恋此处呢?

面对圆祐不得已问出的这个问题，真拆一时之间想要回答说“为了梦中的女子”。然后又觉得那很是愚蠢。于是乎，好像眼前正在欣赏的花开着开着忽然掉到了地板上一般，女子的幻影突然间退到了他本该栖身的世界里去。那看上去好像一点点地渗入到了现实世界里去的身影，再度向着梦的彼岸远去了。

那个时候，梦啊现实啊这些词语忽然涌上了真拆心头，开始把不同的各个世界捆绑起来。女子被困于语言的囹圄中。真拆锁上了锁。随之，被某种令人不快的疑问击中，自言自语道：

“——我爱那女子吗?”

此时，近乎笼罩在无意识中的自嘲的声音，勉勉强强拯救了真拆。于是这次他借此故意发出了嗤笑。

有一种感情，如果不付诸语言就无法得到确认。与此同时，还有一种感情，可能本来并非如此，但付诸语言后，会向着与之相符的方向发展而去。仔细想来，这两种感情或许都是相同的。

真拆并不清楚自己是否爱着女子。但是，如果付诸语言就此发问，会觉得现在正在爱着。接着又考虑起这痴傻来。的确，还没有见过女子。但是，只要是梦，终归是真拆自身的产物。而且那就是所谓的幻境。

就说是爱吧。那样的话，自己是不是希望在梦中被爱上呢？这样的疑问让真拆越发觉得不快，想到：

“没有什么爱不爱的。梦就是梦……我有点儿犯傻了。大师心里肯定对这样的我满是蔑视。”

真拆忘我地诅咒着自己说出的这些话。诅咒

那可笑之处。

“是这样的，根本没什么，不管是什么原因，都不过是大师讨厌我罢了，这样想的话……”

真拆再次自嘲起来。进而决定把此前内心对女子的所有想念悉数抛掉。

——然而，那个瞬间，周围忽然变成了暗夜里的森林。

杜鹃啼叫，黑暗中闪着两个绯红色点儿，是经常出现的那场景。但是这次又稍有不同。不管多不相信，都只能认为自己实际上就在那里。不，几乎是无法怀疑的，浑身上下都明确感受到了。腿上的伤发着从未感受过的高烧，针扎似的疼。血淋淋的手上沾满了土，不停地颤抖。用力伸开手指时，土又嵌进了指甲里。正在腐烂的树枝抵住耳朵，嘎嘎作响。粗声喘息着，嘴边的枯叶稍稍卷起后重又伸开。

“……难道说这也是幻象吗？”

真拆想。冷不丁看到了前面的两个点儿，真拆觉得体内的血好像突然消失了，好不容易剩下的血也冰冷地凝固了。覆盖在头顶上的枝叶的骚动远远地模糊起来，不知何时变成了之前听到的河流的响声。

视野变暗。脑髓从里面膨胀起来，好像被头盖骨压住了一般疼得要命。嘴里流出了松脂般干巴巴的唾液。

意识时而远去。某种强大的力量硬是叫醒了它，想要拉到自己跟前去。

隔着前面那两个点儿，隐隐约约出现了一个人影。真拆不禁嘟囔了一句：

“那个女子吗？”

没能发出声来。无法清晰地看到那身影。伸出的手也够不到。但是，女子现在就在身旁。从那温暖的气息就能感觉出来。那更加令人着急。真拆再次发出声音，这次想和女子打招呼。这时，突然响起了悲伤的激烈语调：

“别过来。”

……下一个瞬间，经历了刹那间的意识混沌之后，真拆又孤单单地独自坐在了禅堂的正中间。

一时之间就那么呆呆地望着地板。

终于能够稍稍挪动视线了，接着转动头部，战战兢兢地环顾四周。没什么格外奇怪的景象。把右手举到烛光前查看。但是那里也没有留下任何痕迹。伤痛也消失了。

真拆第一次感觉到了恐怖。因为恐怖，所有的思考一下子都被推翻了。

“我倒在了山里，接着又坐在禅堂中间……然后在梦里……”

越想越觉得害怕。

不久，听到了穿过院子的草鞋声。

“大师是因为知道了我这些异状才让我下山的吗？”

真拆一边起身，一边叹息着想。不管怎样，

明天都必须要离开这里了。

走出禅堂，向小屋走去，沿途真拆的目光落到了院子里的花儿上。

“无论梦呀幻象啊多么奇怪可疑，唯独这里盛开的花儿的美丽是我无法怀疑的……而且，这腿上的伤也是。啊啊，即便如此，今天的月亮是多么的明亮啊。如此美的月亮，这因为太美而不吉利的月亮，我之前从未看到过。红色，渗出了鲜血般的红色……或者今夜的梦里将会出现一些变化吧……不，应该是必须出现……肯定地……”

静静地把手放到苍白的脸上。感觉那里好像还隐约残存着刚才的泥土味道。

○

——然而，越是期待，睡眠就越是不肯靠近。

深夜，真拆掀开被子，焦躁地挠着头，起身坐在床上。

兴奋的焦躁封住了通往梦乡的路。真拆对翻来覆去等着迎接睡眠感到不耐烦了，索性死了心，姑且起来等待睡眠的到来。

被面上明晃晃的。朦朦胧胧的月影从西窗透了进来。

“月亮啊……”

真拆望着那光亮。然后像受到了引诱一般下到泥土地上，穿上草鞋站在门口。

门开了一条缝儿。笼罩着院子的月光，就像解开了香囊带子一般，从门缝进来裹住了真拆。渗出了汗的手臂像冰雕似的闪着苍白的光。晕眩使真拆步履蹒跚，他把门开得更大一些，走到了院子里，立时陶醉于眼前的光景，只管呆立着。

那景象几乎让人怀疑自己是否身在现实。

深蓝色天空里没有一片云彩，带着晕轮的玉

镜皎皎挂在空中。那表面已经拂去了此前异样的红色，除金黄色以外再也容不下其他任何颜色。星星以此为中心排列着。黑夜试图给远方满满的炫目的光遮上一层暗色，星星挖出了无数个小孔，透过各个小孔隐隐约约窥视一般满天闪烁着。

在这不同寻常的光照之下，山的形状并没有湮没在黑暗里，而是如剪纸般醒目。山脊线像是被人用手指仔仔细细一小段一小段地描画过一般，隐约朦胧。那隐藏了纵深的简洁的影子，迫近这边时逐渐融合到黑暗里，一时消失后，不久又从底部遽然隆起，临到眼前变成了繁茂的柞木林的模样。

庭院由背后的森林守护着，尽情享受着如烟雨般倾落下来的月光。颜色鲜艳的兰花和水菖蒲舒展着刚刚绽放的花瓣，如同打磨之后即将完美展现那个霎时间的螺钿纹饰，从黑暗处凸显出来。杜鹃花的绿色枝条一边小心翼翼地试图隐藏那旺盛的树形，一边却又因被烂漫开着的花的颜色出卖而欣喜。茶树叶子鲜亮润泽。萝卜花开得不计其数。垂成数不清的弓形的稻穗，就像渔火里被网兜起而跳到水面上的鱼群；伸直的叶子就像四散的水花飞沫。而且，那些叶子和花，无论采哪个来看，都长得异常地大，非常厚实。

草木深深，滋润在亮光里。确实是夜里。但是，甚至连这都会让人觉得可疑般地，满满一片闪耀着明亮的光芒。阒然无声。匆匆的时光在这一瞬间止住了脚步，好像是为了保证院子里的所有生物都能以各自的极限速度去生长。

真拆深吸了一口气，迈出了脚步。

静寂如同小舟打乱的水面一般，静静地分开，在之后慢慢地拖着尾巴。

并没有什么特别想去的地方。只是想着信步溜达的话或许就能催生出睡意之类的。就这样，被花儿的美吸引着，循着次第泼辣开放的方向前行，真拆不知何时竟已站在了禅堂后边那间小屋前面。——在那里才终于注意到了自己的所在。

真拆当然是第一次来到这里。最初的时候是遵守和圆祐的约定，尽量不靠近此处。慢慢地成了理所当然的事情，约定本身已然退离到了意识之外。

小屋周围几乎看不到任何生活的痕迹。各种茂盛的杂草直到膝盖。屋子上一个窗户都没有，墙上爬山虎的叶阴里结了几个野兽眸子样的浆果。

那苍郁的形状不知为何竟让人很是怀念。不可思议，就好像已经来过这里很多次了似的。

真拆尽量不发出声响，小心翼翼地踩着杂草，慢慢向前走去。

从刚才开始，真拆的脑海里就一直闪现着尚未谋面的老妪的身影。真拆此前之所以没有到这里来，与其说是因为遵守和圆祐的约定，毋宁说是因为对老妪抱有纯粹的怜悯之情的缘故。毕竟他觉得，那么孤独的生活，还是尽量不去惊动为好。

这种心情如今也丝毫没有改变。真拆压根儿没有要去窥视老妪的样子之类的想法。尽管如此，他的脚还是一步一步向着小屋迈进。自我克制的念头被某种强大的力量挡住了，全然无法渗透进去。

“或者，这也是一种扭曲的肉欲吗？”

真拆想。继续走近，及至到了小屋后面时，真拆注意到有动静，于是赶紧躲了起来。

小屋的门开了，好像有人从里面走出来。

“是大师吗？”

真拆藏在暗处想，竖起耳朵，传来了草鞋踩在干土上的声音。那柔弱的脚步应该不是圆祐。

每踏出一步都会小心翼翼等上一小会儿，由此可以想象出那怯怯地回头环视的样子。

“……不，不对……不是大师。”

真拆马上觉察出那是老妪的脚步声。顿觉无地自容，想都没想转过身去。

——多么可悲的声响啊。此时真拆再次厌恶起自己的无情来。老妪甚至连圆祐的目光都会躲避，一直等到这样夜深了才犹犹豫豫地走出小屋。在这人迹罕至的深山孤寺中，终日躲在阴暗的小屋里，就这样静静等待着死亡的到来。阳光肯定早已抛弃了她。也许只能在每个夜晚望着月亮，以此获得些许慰藉。无论如何，想要恶作剧般窥视她的样子，这样的行为确实是非常残酷恶劣的。

真拆陡然间被忧郁的想法攻陷，低着头开始原路返回。——与此同时，自己倒在山里时那活生生的光景再次袭来。

不知何时，幻境的夜与现实的夜融合起来，变成了同一个夜。真拆丝毫没有感受到觉醒，就那样站在小屋旁边。接着，冷不防感到，解开腰带时衣服摩擦的声音从背后传到了耳朵里。

颤抖着回头望去。

那微弱的声响把所有的疑虑一下子吞没，和

衣服一起解开了。

“不是老妪。肯定不是什么老妪。——啊啊，对了，这个小屋，这样的景色。为什么到目前为止我都没有发现呢！”

话都到了真拆嘴边。接着响起了衣服落地、脱下草鞋的声音。

真拆大出了两三口气。下一个瞬间，仿佛无法忍受住欲望一般，从小屋的阴暗处望向那边。

“啊啊！”

——发出了无声的叹息。法悦如同被风吹落的花粉一般，须臾之间即在心头绽放。

○

无法怀疑。那边月光下闪闪发光的，正是连续几个夜晚都见到的梦中女子的裸体。

近乎苦痛般疯狂欢喜的洪流，决堤般在肉体内蹿来蹿去。就像如果没有其他痛苦来分担将无法承受一般，真拆用右手狠狠抓住胸口。心跳急剧加速。伸出下巴，挣扎般喘息着。裸露着的白皙脖颈，在月光映照下，像雪花石膏雕塑般醒目。

女子背对着真拆，慢慢用手抚弄头发。柔韧的手指抚琴似的把头发束在一起。有几根从手指缝儿里漏了出来，双肘像翅膀一样大幅摆动，想把头发都捋上去。

记忆飞速驰骋，女子优雅地模仿着。没有一处异于梦中的地方。

接着，单膝着地，从肩头悄声倒下水来。濡湿的背映照在月光里。

真拆擦着额头的汗。破灭的恐怖随着流畅的动作一一被驱逐出去。

女子继而静静地低下了头。这时，绾好的发髻顶上刹那间有把梳子闪了一下。

一时间真拆怀疑到，之前让自己远离女子的，不是别的，不正是这梳子吗？如果这梳子不掉落，或者梦就不会结束，女子也许会回过头来吧。现在一切都和梦里一模一样，如果说只有一个会辜负自己、让女子的脸永远隐藏起来的东西的话，那恐怕就是这梳子了，这梳子不会从女子头发上掉下来吧？真拆想象着。

明月依旧皎洁。阒寂的天空下，除一位女子的身体以外，只有落下来的水滴吧嗒吧嗒敲打着地面。

真拆数次用汗搓着进到草鞋和脚掌之间的泥土，脑子里想着马上就会出现的瞬间。

放下手里的水桶，女子慢慢站了起来。真拆的视线紧跟着梳子。女子稍稍歪着脖子。头发蓬松起来。梳子颤动着。

——下面将会发生什么，现在已无法再怀疑。女子伸直了脖子，梳子闪了一下掉落了。乌发在空中飞舞。女子用手梳理头发。已无法再等了，真拆故意在脚下弄出声响来……接着，因为那声响女子正要回过头来的一刹那——真拆的视野突然被封闭到了枯燥的黑暗之中。

“高子，赶紧回小屋里去。”

……拂掉严严实实挡住双眼的手，再向前方看去时，女子的身影已不在。

回头看去，站在那里的是圆祐。

○

无法排解的愤怒让真拆声色俱厉。

“大师，这究竟是怎么一回事儿呢？那位美丽的年轻姑娘，就是您说的麻风病老妪吗？”

“……”

“啊啊，您可真是一个俗僧，为了隐藏女子，竟然不惜利用我的怜悯之情！……即便如此，为什么，为什么……我不明白，但是，就那样保持沉默吧。既然知道了不是老妪，至少要进小屋里亲眼看看她的样子！”

圆祐平静地对欲迈步上前的真拆回答道：

“不能去。”

“不能？您说不能是吗？我还要再怎么信您的话才好呢？我要拿哪只耳朵来听才好呢？事到如今我什么话都不再信。完全不相信！”

激动的真拆挣脱圆祐的劝止，向小屋门口奔去。这时候，“别过来，”——女子的声音如箭般穿过了静寂，“啊啊，请千万不要过来。请一定听从人师的劝告。大师并不是您所说的那种人。我不能和您见面。我……”

正说着，女子抑制不住低声呜咽起来。忘我般情绪激动的真拆，为那哀婉的声音犹豫起来。

“为什么呢？你难道不了解我吗？不知道我吗？……不，绝无那种可能！我就知道，从很久之前我就知道你。你正是我每晚都在梦中见到的人，到现在为止我一直热切爱着的人！从来到这里那天开始，从被蛇咬伤后被带到这里来的那天开始，我就一直祈盼能与你相遇。不，说不定比那还早，从很久之前起，或许我一直都在追逐着你，就只是你！现在这变成了现实，你不再是幻影，不再是住在梦之彼岸的人。为什么不能为这奇迹而欢欣雀跃呢？”

“请，请打住，不要再说下去了……当然，我是知道您的。正因为知道，这相逢才更加痛苦！……我终归是不能和您相见的。请一定听大师的话，就此下山去吧……如果您还要留在这里，我会恨您。一定会……比现在更甚……”

真拆无言以对，呆呆站着。之后，焦虑地转过身去，对着沉默不语的圆祐大放悲声。

“大师，为什么啊？我不明白……啊，还是不明白。所有的事，这一切！”

圆祐只是沉默。

“大师！”

“不能再让高子受更多折磨。请您还是明天就离开这里。不要说不行。那不是您可以决定的事情。”

真拆绝望无语，崩溃般双膝跪在地上。

圆祐看上去也不想再说什么。夜里一片静谧，只有女子的哀咽声隐约传来。

离天亮还早。小屋前面，流过女子身体的水里浮现出满月，一晃一晃闪烁着。

从木条踏板的边缘又落下了一滴水珠。水面静静地摇曳着。

○

第二天上午，很是晴朗。

离开往仙岳后，真拆到了百町渡口，之后没有回小边路，向着西熊野街道步行前进。

在下山的地方已经和圆祐作别。离别时真拆恭敬地致谢，同时也就昨夜的无礼而道歉。圆祐只是默然合掌。

过了山麓的墓地，在向小谷行进的途中。想要重新系一下草鞋的鞋带儿，单膝着地把袋子放在旁边那一刻，那幻景忽然又向真拆袭来。

对真拆而言，这实在是相当意外的事情。

迄今为止，真拆一直把发生在自己身上的这些奇妙的现象和那座山结合在一起去考虑，只有这样才能勉强找到拯救自己的方向。幻景并非单独出现的。女子的梦，目不暇接的庭院的变化，这一切应该都源自那山。只有在山上才能体验到这些。做如此想并没有什么特别确定的根据。只是，一时之间发生了众多不可思议的事儿，无法一个一个分别去理解，于是就想全部归到某个最大的不可思议中去罢了。

诚然，之所以会觉得不可思议，是因为和事

实相比那是不可思议的。例如，如果樱花树上开出了梅花，不可思议。这是因为存在樱花树上开樱花这样的事实。再例如，如果鸟儿钻到土里，鼹鼠在天上飞，不可思议。这是因为存在鸟儿在天上飞、鼹鼠钻到土里这样的事实。但是，如果存在一个最大的不可思议，能让那些单个的事实变得根本毫无意义，那么又将如何呢？那时候人应该就不会还把那些单个的不可思议当成不可思议了吧？为什么这样说呢，因为在那里可以与之比较的事实本身是不成立的。

真拆对一个个地去质疑自己体验的种种不可思议感到厌烦。因此才想把这全部归于那座山。逐一验证各个不可思议、在那基础上得出全面肯定的结论，这恐怕做不到。话虽如此，但既然是已经发生了的现象，也没有理由否定。为此，才想当成是山不可思议的缘故。如果山把本属于个别现象层面上的事实否定了，那么不管发生了什么事情，应该都不再是不可思议的了。想要肯定众多的不可思议，只要相信这最大的不可思议就可以了。那只需要些微的努力即可。是信或不信，二者择一。于是，真拆想要相信。

但是现在，一个应是由那最大的不可思议产生出来的不可思议从那里蹦出来，追上并缠住了旅途中的真拆。对于他来说，这从根本上意味着全部不可思议都被从山的咒语中释放了出来。

真拆不寒而栗。而且，从此时开始，虽然回到了现实，腿还是疼了起来。

真拆放弃前行在小谷留宿，是因为腿疼，也是因为恰好在那时头也痛了起来。才刚到小谷，真拆就突然发起烧来，就此在客栈卧床不起。

只是轻度发烧。但是，过了几天丝毫不见要退烧的迹象，病情反而更加恶化了。

几乎吃不下东西。肉体日渐衰弱下去，本已治愈的腿，不知何时又渗出了脓血。

观察了三天左右之后，客栈老板娘终于让女佣去叫来了大夫。从数年前开始，村子里就安排有两位大夫。不过，带过来后，他们谁也不清楚这是什么病。连疾病名称都说不上来，诊断就这么不明不白地不了了之，而最后却会以无法给人任何慰藉的语气加上一句：

“没什么大事儿，不过还请再在这里静养一段时间。”

真拆分到了二层角落朝向西南的一间屋子。客栈里几乎没什么客人，女佣们好像都闲来无事空得很，终日精心地照顾病中的他。

在这里度过第一个晚上之后，第二天真拆就知道了，和那幻觉一样，女子的梦也和自己一起下山来了。但是，那身影和之前不同，远而朦胧，而且逐日变得模糊不清起来。特别是因为失眠按照大夫的吩咐服用了安眠药的夜晚，浓重的睡意像雾一样重重遮住了女子。真拆忘我地追求着那逐渐失去的丽影。另外，山间的幻影也越发频繁、越发长时间地在枕边显现，一点点地夺走了睡眠留给他的现实时间。

拂晓时分从睡眠中醒来时，真拆屡屡回味方才梦中的余韵，望着黎明的残月，回想起山上的日子。

那就像一个长长的梦。在寺庙的那个黄昏，曾徒然地把自己比作浦岛太郎，当时是觉得除那座山以外自己已无处可以容身了吧。但是，就这样下山后，现在又和之前一样活在了自然而然的时间之中。不，至少是活在了在自然而然的时间里活着的众人之中。这总让他觉得不可思议。真拆想：

"……原来，既是梦，又是现实。但是，不管怎样，总归让人觉得像是同一个幻象。那个夜晚，我不是在梦里，是在现实世界里确实看到了女子的样子。用这肉眼看到了。但是，回过头去想，那不也是一个虚妄的幻象吗？"

的确，女子如梦幻般地美。那是在这个世界上无法存活的那类美。但是，说不定我在恍惚之间看到的，就像大师说的那样，真的是麻风老妪的裸体也未可知。

我没有忘记大师的恩情。冷静下来想，那身影更是多了几分高洁，远远消失在幽深的山里。那是多么让人怀念啊。当时在气头上还骂人家俗僧，现在想来真是后悔。

但是，就是那同一个人，竟然那样撒谎，藏起年轻貌美的女子，这让我无论如何没法相信。的确，试想一下，即使是被称为活佛的一休禅师，还是写下了歌颂森女的淫诗。这样来看，因为有女人就胡乱地大闹一番，归根到底可能是因为我缺少作家的悟性这种东西。

不过，即便如此还是不能让我信服。

她叫高子。那名为高子的女子的身影，我当成梦中女子裸体的那个身影，在大师的眼里，难道真的是一个老妪的样子吗？……虽被恶语相向，但大师始终未发一言为谎言辩解。大师可能把我当成疯子了吧。看着可怜的老妪竟能勾起情欲的这样一个我。这样的话，大师的沉默是因为怜悯我吗？啊啊，但是，什么都无所谓。是什么都无所谓。那女子是年轻貌美的姑娘，还是麻风老妪，二者之间究竟有多少差别呢？如果说那本来就是幻影，我竟到了连我见到的幻影都相信的地步。竟到了相信那美好的嗓音说出的话的地步，相信“我是知道您的”这样的话。

入梅前的暑气加重了真拆的不适。胸口总是闷得慌，额头的手巾虽然换了无数次，还是像濒死的小动物似的，马上就温吞吞地没精打采起来。说到吃的，就只是掺着面粉的白开水般的粥，就这还总是剩下很多，于是胸部的肋骨如波涛起伏般凸显出来。

梦和幻景更多地侵入现实，最近有的时候一天之中意识清醒的时间还不到半天，到了这种程度。真拆在女佣面前也遭遇了几次幻景。那副样子完全像是癫痫发作，第一次看到时，惊慌失措的女佣大喊老板娘的名字，引来了客人，场面一度混乱。

“即便是现在我还是觉得害怕，还是会叫老板娘的。因为看上去真的像死了一样呢。但其他人都说已经习惯了。”

听到年轻的女佣这样说，真拆只是无力地笑了笑。因为他觉得，比起被人不怀好意地揣度是撞上了异常的幻景痛苦地抽动身体，似乎还是被诧异地误认为是癫痫患者更好一些。

不过，女佣加上了这样一句之后，真拆连笑都挤不出来了。

“不过那也太过频繁了吧，还是觉得很不安呢……还有，大家也很担心您腿的情况哟。”

——实际上，小腿的伤已经化脓，真拆不拄拐杖甚至都已经走不了路了。

照顾着病中的真拆的，并不只是女佣们。老板娘也经常来到屋里，问问病情，亲自给他擦汗，把药送到他的嘴边。真拆深陷在眼窝里的一双眼睛显得更大了，加上细长的旧式鼻梁，让这位壮年女性能够想见他往日的美，碰到真拆敞着胸口的身体时，感觉就像突然触到了自己身体里的青春一般。现在这甚至变成了一种隐秘的喜悦。虽患病已久，但也没有受到慢待，真拆之所以能在客栈栖身，同情自不必说，老板娘心中的这份喜悦也是原因所在。

那是来到客栈两周后的一个夜晚。

这天黎明，真拆还没完全醒来的时候就被那幻景魇住，就那样直到下午一次都没有返回到现实中来。虽说发作是常有的事，但这么长时间的不省人事还是第一次，因此就连老板娘也担心起来，召集了女佣们去请村医，不知不觉旅馆里闹成了一片。

匆忙赶来的大夫在诊断过程中数次侧首沉思。然后再次切着脉搏，满脸惊讶地回头望着老板娘。就在那一刹那，真拆的眼睛忽然像水泡裂开般大大睁开了。女佣“啊”地大喊一声。

“啊——太好了，醒过来了，醒过来了，”

——围在床边的人们纷纷发出了放心的感叹声。对此，真拆自己也莫名其妙地笑了笑。但是，那仍然抓着他手腕的大夫还是疑惑地皱着眉头，把方才想说的话小心翼翼地咽到了肚子里。

大夫回去之后也还是那样，真拆虽不时回到现实，却又依然倒卧在幻景深处。这会儿终于稍微定下神来，从客栈的窗户呆呆地望着外面。

每个夜晚，下凸月、下弦月、残月这样数过来，今天晚上月影已经看不见了。梦中的女子也越来越远，越来越模糊，如同幼时的记忆一般，到了只能想起一点点断片的程度。

真拆在幻境里也曾几次失去意识，那时候总会忽然偷窥到女子的身影。醒来一看，独自一人倒在山里。之后，意识更加清晰，这次是躺在了客栈的床上。

每次回到现实时，真拆都会惊讶于时间的流逝。待在山里经常至多不过过了几分钟而已，但回过神来一看，已经过去了几十分钟、几个小时。现在，梦里度过的时间、在山里度过的时间以及现实中的时间像丝线般缠绕着，几乎已经分不清楚。

“像这样陷入沉思的时候也是，当我再忽地睁开眼时，会不会发现已经在某个别的地方了呢？——在山里，在女子小屋的前面，又或者是在某个陌生的遥远地方……”

正考虑着这些事情时，真拆因为小腿处疼得发热而瞬间面部扭曲，这时纸拉门轻轻地开了。

“哎呀，对不起，也没打招呼就进来了。还以为已经睡着了。——本想不要吵到您，过来看一看情况。”

“不，没关系的。”

听到老板娘这样说，真拆稍稍露出了温和的面容。

“不要紧吗？”

“嗯，能应付。”

“是吗。白天真是担心死了。不过，还是必须静养，医生也是这样说的呢。”

“真是，净给您添麻烦了。”

“不，要那样说就不对了。请不要为我们的事情操心。因为这个才让您提前付了房费的。”

老板娘这样说着，莞尔笑了起来。

真拆轻轻点了点头。随后又把眼睛看向外面，说：

“……啊啊，不过还真是觉得有些累了。一直醒着的缘故。”

“那可不行啊。请躺下吧。今天的风比平时都要凉爽，很适合躺着休息呢。”

在老板娘的帮助下，真拆重又在床上躺下。

仰起的额头上放上了刚从水桶里拿出来拧好了的毛巾。那冰凉与正好吹进来的夜风的凉意一起，让真拆觉得平静了不少。

传来了老板娘微微张开嘴唇的声音。

“……井原先生。”

真拆睁开眼睛。

“能不能稍稍问您一下呢？”

刚才一直拿在手里的蜡烛，现在在枕边放着光，模模糊糊地照出了远处老板娘的脸。真拆被她那一如平常的淡妆吸引住了。

“什么事情呢？”

“嗯，听说井原先生在来这里的途中曾经到过往仙岳那边……”

“是的，怎么了？”

“不，也不是什么大事儿……只是……在那路上有没有发生什么奇怪的事情呢？”

“……没有，没有什么特别的。”

真拆意外地稍稍愣住了，勉勉强强这样慎重地回答道。这之前真拆从没向任何人泄露过发生在自己身上的种种奇妙的事。

“……是吗？”

老板娘这样说着，用手理了理走形的椭圆形发髻，略带自嘲般地笑了。这引起了真拆的兴趣。

“是有什么在意的事情吗？”

“……不，那个，都是些非常琐碎的事儿。井原先生是从东京来的，听到这样的事情，肯定会觉得乡下人迷信得可笑吧……”

“是迷信吗？”

“……对，也可以那样说。”

“可以的话，能把那故事说给我听吗？”

老板娘又轻轻笑了笑，之后露出了迟疑的神色，取下真拆额头上的手巾，把还不很热的手巾浸到了冷水中。清爽的柏木桶里，白布像香鱼似的漂荡着。

“……是啊。”

用力拧了拧，仔细地叠好，又把手巾放到了真拆头上。透过折了好几层的手巾，真拆感觉到了静静按在额头上的老板娘的手。边儿上的些微水滴流过鼻梁，偏到右边，落到了眼窝里。

趁着老板娘的手还没从额头上拿开，真拆这次故意用随便的语调说：

“我整天这样躺着，夜里总是难以入睡。”

老板娘听出来这是借口，慢慢撤回了手说道：

“那么，在井原先生睡着之前吧……说来话长，请闭上眼睛舒舒服服地听我说说吧。”

和服下摆处微微露出了放松下来的白皙的脚。

○

“那已经是大概二十五年前的事情了吧。我正好是十五六岁的年纪。可能就是那个时候。当时废佛毁释正搞得轰轰烈烈，骚然不安的阴暗氛围在这个村子里也扩散开来。那时候，在小谷间到小原的路上有一家小客栈。我记得很清楚。一位老板娘加几个女佣而已，那老板在新宫那边打工。这一带只有我家和那里两家客栈，因为这个两家往来密切，我小时候也常去那边玩，大妈还经常给我吃橡面儿年糕什么的。

“那家有一个和我差八岁的女儿，名字叫阿泷。这位阿泷啊——我总是姐姐、姐姐地叫，她可是一个极其美丽的人儿，嗯，在附近间甚至有人开玩笑说，客人都是冲着这位阿泷来投宿的……不，也并非全是玩笑，实际上好像真有那样的客人。我从刚懂事的时候就经常去玩儿，她像对妹妹一样疼爱我，按理说习惯了就不会在意长得怎么样了，但是不知为何，即使像那样几乎每天都见面，有时候那美丽的面孔还是会让我觉得眼前一亮。当然不光是脸蛋儿。真的无论看哪里都是公主一般。又很娴静，温柔，对姐姐，啊不，对那位阿泷，我一次都没有讨厌过……

“……不过，现在想来，这位阿泷身上，和那美貌相应，好像还有一些梦幻的、哀婉的地方——那并不是像病秧子啊这类，不是那样的东西……怎么说呢……虽然我也不是很清楚，但那种感觉不只是我一个人有，好像大家都那样觉得，其中甚至也有人说不吉利啊、可怕啊什么的，说着些不怀好意的话造谣儿。

“直到现在我也不明白为什么大家会那样想。平时，除了特别漂亮以外，也没有什么奇怪的地方……不过，难不成是因为阿泷的皮肤太过白皙吗？是那样也说不定。

“总之，阿泷就是这么一个人。回头去想，那一个一个的特征都像是在暗示着之后的悲惨结局，话虽这么说，但我还是觉得受不了。”

老板娘黯然神伤，就此缄口。

真拆只是默默地听着。进到耳朵里的是这一带少有的十津川独特的关东风格的口音，听不太惯的声音里平添了几分亲切。可能是照顾到真拆的感受，和毫不在意地在句尾加上“NOURA”①这些尾音的女佣们不一样，老板娘的话听起来不那么土气。

屋子里蜡烛的火苗轻轻地晃动着。

楼下听不到女佣的脚步声……

“这位阿泷——对，正好是二十岁出头儿那时候吧，有一天突然就那么离开家不见了。据说那天是要去山里采些插在客厅里的花儿，但到了晚上都还没有回来。遇到这事儿，家人自不必说，从这里的住户到偶然在客栈留宿的客人，大家都很担心，夜里点起松明在这周边一带来来回回地寻找。

“嗯，当然我也去了。那是一个没有月亮的漆黑的夜晚……说实话，那个时候我多少已经是个大人了——虽然这样说，但就像刚开始时说的，应该是只有十五六岁的样子——已经不像以前那样每天都和阿泷一起玩了，多少变得疏远些了，

①当地方言尾音“のぅら”的日语罗马字。

但即使这样，一听到消息，马上就坐立不安，哭着跟大人们一起去找，记得是这样的。”

这时候，一个女佣冷不丁地打开了纸拉门。

“啊，老板娘，您在这里呀！”

“怎么了，忽然不说话就开门？”

“没什么，今天是俺值班。”

自真拆病情恶化以来，就这样每个晚上女佣都会过来看屋里的情况。老板娘像是被人窥探到了秘密一般，总觉得不痛快。

“这里没事儿，去休息吧。”

“……好的，打扰了。”

女佣退下了，老板娘觉得有些难为情地说：

“因为我这样，所以她们都冒冒失失的。”

真拆面带顾虑地问：

“您总是让她们来看着我吗？”

“对，那倒没什么的。”

——这样说着，两个人都沉默了。

少顷，老板娘重又开口：

“……说到哪儿来着？……对，后来，结果那天夜里并没有找到阿泷。

“第二天，从早晨开始大家就召集了比昨天更多的人去找，但还是没找到。——这样一来，慢慢就听说了一些不好的传言。有的说是被山神或怪物掳去了，有的说已经死在什么地方了……大妈心里肯定很难受。

“不过，找了四天后的那个早晨……对，是的，找的那三天晚上一直都没有月亮，终于在新月出来的那个早晨，突然就回来了。从井原先生来这里的路上爬过的那座山那里。”

“嗯，往仙岳那座山吗？”

“对，就是那里……说是从黎明时候就出去寻找的大妈他们偶然间发现的……一开始都非常高兴……”

“这确实是值得……”

“是的，……但是，那个……可能是一个人在深山里太害怕了吧，精神变得有些奇怪……对，反正从那天起阿泷就变得不正常了。

“阿泷被人们簇拥着回到客栈来，我只在那短短的一瞬间一晃看了她一眼。那面孔消瘦得厉害，脸上那种如梦似幻般虚空的表情比以前更明显了。我到现在也还清楚地记得那时候出现在朝阳中的阿泷的样子。那很难用语言表达清楚。看上去累极了，即使那样也还是很美。不过，我之所以无法忘记那时的模样，还因为那是我最后一次看到阿泷。之后就一次也没再见过。——那时，阿泷朝我这边回过头来：‘小靖，好大一条蛇啊……’对着我笑。我叫靖子，阿泷总是那样称呼我……奇怪的是那蛇的部分。我不由得打了一个寒战，想都没想就反问道：‘唉？’那个时候阿泷的眼睛红红的，闪着泪花，马上就要哭出来似的，但还是带着微笑，像是什么都没法儿说似的悲伤地闪烁着美丽的光。

“大妈一听到蛇这个词就急急忙忙拨开人群把阿泷拉到了家里面。”

老板娘稍微停了一会儿，慢慢取下了真拆额头上的白布。

“冰镇一下吧。”

响起了拧手巾的声音。从傍晚开始，窗户外面一直是蛙声一片，然而就像被这细微的响声吓到了似的，忽然之间都停住了。远处杜鹃仍在叫着。老板娘想把残留在手上的水珠甩到桶里面，轻轻地弹着指尖。

换好手巾，老板娘问道：

“要休息了吗？”

“不，想听后面的故事。”

真拆仰望着老板娘的脸。她的眼睛里生出了愁色。一会儿后，老板娘轻轻地歪了一下头，慢慢又打开了话匣子：

“……从那以后，我就再没机会见到阿泷了，父母禁止我过去看望也是一个原因，这也不算什么，似乎那边也不允许阿泷走出家门一步。这是后来才知道的，据说自打从山上回来后，阿泷就一直相信自己怀上了蛇的孩子。好像从被找着的时候起就反复说着那样的话……估计要和我说的，好大一条蛇啊什么的，总归也是那样的事情吧。

“要说是觉得女儿可怜就把她关在家里，也并非如此。当然，那样的想法说不定也起了作用，但比起那个，还有别的原因……说起来真是让人觉得匪夷所思……不久之后，那阿泷的肚子真就慢慢鼓起来了。

“听到消息，一直在新宫干活的大叔赶紧飞奔回来。当然，大叔和大妈都不会相信什么蛇的孩子的说法。只是如果阿泷真的怀上了孩子，那多少也能讲得通……那一定是被哪里的坏男人勾引了去，被强暴了吧。不管怎样，既然有了孩子，那就应该有父母，于是不停地盘问阿泷。但不管问多少次，得到的回答都是一样，还是说被一条大蛇盯住了……就只是这类的回答。

“这样一来，大叔大妈越发觉得女儿可怜，越发痛恨那男人，到头来大叔竟也有些不正常了，那以后连工作都辞掉了，和阿泷一起躲在客栈里头不出来了。

“大妈他们对阿泷怀了孩子这事儿暂且守口如瓶，但是那时候在那里干活的年轻女佣们都在议论这事儿，于是在这一带也成了人们的谈资。之所以会那样，是因为阿泷本来就是名声在外的大美女，而且那一阵子，只要是有男人从客栈前面经过，大叔就会怒气冲冲地大声嚷嚷‘说不定就是你给拐到山里去的’之类的话。”

○

“……如此这般，终于足月，阿泷叫来了产婆，在客栈生下了一个婴儿。据说是个和阿泷一模一样的可爱的女孩儿。

“即使到了这时候，阿泷还是精神不正常，但是生下的那个婴儿好像并没有出现那样的问题。

“大叔和大妈虽然想到孩子父亲就恨得不行，但当看到那天真的笑脸时，似乎还是被打动了，结果下定决心两个人一边操持着客栈，一边抚养那婴孩。”

“现在那客栈还在吗？”

出于某种强烈的兴趣，真拆禁不住这样问老板娘。

睡意全无。白天持续了那么长时间的幻觉，现在也像是在等待话题结束一般，悄无踪影。

现实在淙淙流淌着。

“不，已经不在了。”

“没了？”

“是的，确实令人惋惜……

“孩子生下来以后，短时间内没出现什么情况。——但是，有一天，看着自己渐渐睁开眼睛的孩子，阿泷突然高声大闹起来。

“嘴里说的那些话可真是不得了。阿泷看着婴儿的眼睛，又反复地叫嚷着被蛇盯住了呀、是蛇的孩子呀这些话，说着害怕、害怕，放声大哭。

“——听说还是大妈想办法稳住了那场面，让她平静下来，但是……

“阿泷那天夜里很晚的时候独自离开了家，从悬崖上跳到了十津川里。

“红色的巨大的满月挂在天上，是一个闷热的夜晚……”

老板娘慢慢挪开视线，向窗外望去。从刚才开始，夹杂在那片蛙声里，隐约传来了河流的声音。

真拆怀疑起自己的耳朵来。仔细一听，甚至从那里头听出了赤翡翠鸟的叫声，心想：

“是十津川吗？”

……但是，从这里到十津川颇有些距离。

真拆向着沉默不语的老板娘问道：

“今天不光是青蛙，和它们一块儿叫的，是水鸟吧，叫得很厉害呢。是附近的河流吗？”

老板娘露出了奇怪的表情，回过头来。接着“哈”的一声，暧昧地笑了笑。真拆心里陡然一惊。那同样的奇怪表情以前也曾遇到过。想起这个的同时也发现，那河流的声音其实很久之前就和自己很亲近了。心里想到：

“这是我在山间小屋里听到的那个声音。那时候也是，当我就此询问时，大师奇怪地皱起了眉头。”

一刹那，从真拆的嘴里吐出了一句：

“水弄湘娥佩”。

真拆的胸前流出了烛泪般的汗液。但是，老板娘好像没有听清楚这句。她歪着头，把脸凑到嘴边反问道：“嗯？”真拆急忙糊弄说：

“那个，阿泷那个人，”

老板娘回过神儿来，静静地接着说下去：

“对，就那么没了。据说被冲到了大津吕那一带。

“……当然，也有可能是事故。虽然今年雨水很少，但这一带本来就是多雨的地方，那天夜里也是，河水流得特别快。又正好赶上梅雨时节，更是危险。

“这样说来，这会儿我才想起来，可能也是因为心里有病的原因吧，阿泷从山上回来之后好像变得特别能喝水。如果没人阻止，一升啊两升都能安然地一口气喝下去。听说在死的那个晚上，比平时更厉害，觉得喉咙发干，身上发热。也有人说可能是因为这个去河边的。

“但是，大妈觉得是投河自杀，因为是在那样一番闹腾之后……这么一想，之前一直疼爱着的那个婴孩，不知怎么慢慢觉得面目可憎、怪模怪样的了……

“话虽如此，在葬礼结束之前还是忍住了。这一带的人都是土葬，阿泷也埋到了山附近的墓地里。

“我当时太悲伤了，太悲伤了，没看遗容，只是一个劲儿地哭，不过，大妈真是一副极其憔悴的样子，我记得很清楚。

“葬礼结束以后，是大妈照看着孩子，不过好像她对待孩子很是粗暴……分给孩子奶水的附近的人都看不下去，提醒了几次，好像那时还发生了口角。

“大妈和亲近的人也经常说起，似乎觉得那孩子的眼让人特别害怕，抱怨实在没有办法。说看到就觉得胸口痛，觉得想吐什么的。不过说到原因，好像还不只是因为阿泷的死这一件事情。

“我了解得也不是很清楚，那时候正好有一个和尚在客栈投宿——是的，这一带极少见到的完成修验道修行的和尚路过……说是这么说，不过这个和尚好像又不是所说的这个样子……嗯，据说那个和尚看过婴孩的眼睛之后说，这不是见毒吗？……一问才知，说是有那样一种可怕的眼睛，只是盯着人看就能伤害甚至杀死那个人。

“大叔大妈也并不是那么迷信的人，但是毕竟发生了阿泷的事情，而且大妈的身体状况也不太好，于是竟然相信了这说法。为此布施了好多钱财，请那个和尚给诵经。

“……从那以后暂时又风平浪静了。但是，过了大概两年吧，这次是大妈突然去世了……说到原因呢，因为阿泷的事儿不断地各种操心，再加上本来大妈也不是身体硬朗的人。

“不过，只剩下孤身一人的大叔却因此受到了惊吓……大叔越发害怕起婴孩来，说自己还不想死，不知从哪里听来的，说如果用狼皮包起来，就能减轻那杀伤力，也有可能是手头没有狼皮吧，就用野猪皮把孩子的脸整个包了起来，只留出鼻子和嘴。

“乱了心神的时候，人似乎真是会做出一些无法想象的可怕事情来。——不过，那时候村子里也开始流出各种各样的谣言，不能说是大叔一个人的错。要是井原先生您这样有学问的人来看，可能会认为那非常愚昧，但在这种山坳里的小村子里……总之，见毒的事儿就不用说了，就连阿泷在山里精神失常一事都被挖了出来，说那一定是因为长得太美了，山神大人都嫉妒了，相反地，也有人说是山神大人着了迷，变成蛇的样子和她交合，另外，这些梦一般的说法竟被传得像真事儿似的……在这一片混乱之中，据说大叔也分不清哪里是真哪里是假了，我觉得他可能是真的分不清了。

“村子里也有以此为乐一味起哄的人，但人们并不是都那么无情。不管怎样，孩子那么一副可怜样子，简直成了别人取笑的对象，必须要做点什么。但是，在说到该怎么办时就完全谈不拢了。说服大叔把罩子拿掉，在这一点上大家的想法基本是一致的。不过，大叔本来就精神不正常，到了该怎么说服他这个点上，就各有各的想法了。

“有人说应该带到玉置山去，和婴孩一起祓除邪气。这还是最靠谱的提法了。其中甚至还有人说，索性在懂事前剜掉双眼，还有人说将来即使活着也不会幸福，趁现在杀死算了，想出这样些野蛮主意的人也有。——即使那样，虽然半数以上的人对见毒什么的半信半疑，但觉得不管有还是没有还是把罩子拿掉为好。不过，实际上谁也没有想要去做。从道理上确实明白不会有那样的事情。但是，一想到阿泷，一想到大妈，又会觉得也有可能。”

○

“在那期间，某一天村里又出现了一位和尚，并不是说见毒一事的那位，据说这位以前就住在这一带，但在那场废佛毁释中寺庙被烧毁了，自那以后一直在遥远的地方云游。

“听到这个事情后，和尚赶去大叔的客栈见到了婴孩。当时大叔看那和尚仪态不凡，估计觉得据实相告很难为情，情急之下就撒谎说，之所以包着兽皮是因为这个孩子得了麻风病，如果传染给别人就坏了之类的理由。

“当然，从没听说过这种荒唐的治法，谁都能立马知道那是在说谎，但是这位和尚却说，您是怎么打算的呢，那样的话过给您也很糟糕，请把这个孩子交给我吧。

“……听到这话，就连来看热闹的人们都惊住了。不过，大叔稍稍想了一会儿，还是答应了和尚的请求。

“这下可不得了了，村子里一时之间都在谈论这一件事情。不过，这个那个讨论过后，最后大家都觉得，自己是没法儿代为照顾孩子，既然大叔都同意了，那也没什么不好的。不过即使如此，还是跟和尚提出来说，现在大叔精神不很正常，但等他稳定下来后，有可能再去把外孙女带回来，到时候请不要多说什么就还回孩子。和尚说这个没有问题。村人又补充说，这样的话如果把孩子带到太远的地方去就不好办了。对此和尚也点头称是，说那样的话就在那边能看到的山上盖个庐庵居住。村人们想也就是暂时托付一下，也没什么不合适的，而且他们自己也有觉得内疚的地方，于是就听从了和尚的建议，顺便在山上烧炭小屋的后面盖起了一间简陋的堂屋，还给女孩盖了间小屋，让他们住到那里去。

“……现在想来，在废佛毁释之后又专门盖起了寺庙那样的建筑，确实有些滑稽，但是那会子觉得终于能够安顿好那个孩子了，所有人都干得起劲。

“自那之后，一段时间之内，大家都带着食物呀衣服呀什么的送到山里去。大概持续了有三四年吧。但是，慢慢地就懒得去了……那是个非常聪明的孩子，还在客栈里时就会咿咿呀呀地说话了，去了山上以后，可能和尚又教她了，什么都会说了，偶尔有人来，她就在小屋里这个那个地问村里的事情。那样子实在惹人怜爱……再者，冬天上山很费劲，而且本来大家的生活也不是那么宽裕，和尚自己把从村人那里得来的水稻呀别的作物什么的都种起来，于是自然而然地人们也就不再上山去了。

“井原先生可能会觉得这非常过分吧，不过大叔也很不好。大家哪怕是从自己那本就少得可怜的积蓄里挤一点儿出来，也会给山上送吃的，但是大叔却一次都没有到过那里。梳子呀或是别的那些阿泷的遗物，全部都是让别人收着给带过去……而且也有人从一开始就对这事儿不怎么感兴趣。到后来，那些本该按时往来的人也都撒起谎来，打马虎眼，想起来时才发现，已经有好几个月无人往山上去了，结果，打那以后大家越发不会过去了。

“……又过了五年、十年，人们已经不再去那里了。其间没有人见过孩子。反而出现了一些不好的传言。说是在那座山附近有人看到了幽灵，撞上了什么妖怪那样的东西，还有更加奇怪的，说是有天诛组的落难者潜藏在那里……年轻人当中，已经有很多人不知道阿泷的事情了，但听说了传言，觉得那姑娘肯定也很漂亮，就有人想沿着之前的路去禅堂偷看……但是，不知为什么，大家都迷路了。——与这相反，也有传言说，当有像井原先生这样年轻帅气的男子碰巧路过时，那位正当妙龄的姑娘会用妖术控制人啊动物啊，把男子诱入山里抓做俘虏……

“大概八年之前那场大洪水时很多人遇难身亡。因为一直是那样一个传言四起的状况，所以当听说大叔也在遇难者之中时，村里面就有人说，一定是被抛弃的姑娘复仇来了。碰巧在那次暴雨的前几天，恰恰出现了和阿泷去世的那个晚上一模一样的红煌煌的可怕的满月，人们就更会那样想了……”

老板娘半是自言自语般嘟哝着这最后的部分，深深叹了口气。随后依然是满脸苦笑般的悲伤表情，说道：

“其实，说到底，这些事情我也不知道该信多少。我是很熟悉阿泷，但刚刚说的这些，基本上都是长大成人后别人告诉我的。——可能我父母都觉得，熟识的阿泷被拐到山里去遭到了强暴这样的事情，还是不要让十五六岁的我知道的好。

“所以，我听到的故事也已经是长时间里添油加醋七拼八凑的了，不同的人讲的多少都会有些出入。比如，也有人说讲见毒一事的和尚和带走婴孩的和尚是同一个人。而且还有人说，上山之后才一年的工夫就已经有两个人失踪了……其实，听到这个事儿后我也去了山里好几次，但总是迷路，无论如何都到不了那位和尚那里。已经是多少年之前的事儿了……

“我把后来从别人那里听来的各种故事合在一起，然后一点点儿地记起了那时候自己亲耳听到的事儿，尽量条理清楚地讲给井原先生您听。

从开头到结尾完整地讲出来，这还是第一次。这里的人已经不怎么愿意碰这个话题了……在回想这事儿那事儿的时候，很多事情涌上心头，也没顾得上井原先生，不知不觉竟讲了这么长时间。"

"……老板娘，那婴孩的名字，难道是……"

老板娘刚一说完，真拆就按捺不住了，一下子欠起身来。

就像一团积雪从屋檐上塌落一般，白色的手巾从额头上掉下来。

○

"对，名字是高子……井原先生，您听说过？"

——一时之间真拆盯着老板娘的脸愣住了，然后说着"……不……没听过"，重又躺到了床上。

老板娘从真拆手中夺过手巾，说：

“您冷不丁起身，还以为您定然知道呢。不过，那么偏僻的山坳里的事儿，现在究竟怎样了呢……可能早就搬到别的什么地方去了吧。

“……不管怎么着，这样的故事总有一天会被人完全忘掉吧。”

“……是呢。”

老板娘慢慢地眨了眨眼以代替点头，把手放到真拆额头上：

“还有些热啊……水也不那么凉了，我去换一下。”

……真拆闭着眼睛，耳边响起了两三下老板娘踩在榻榻米上的脚步声。

轻声地拉开了纸拉门，恭谨到让人不禁想起了她那细细的腰身。

走到楼道里后，老板娘小声地咳嗽着。如枯黄色竹筒做成的添水在敲击时发出干爽清脆的声音。

○

“——刚刚下去一看，真难得啊……”

老板娘单手端着饭碗回到楼上来，一打开纸拉门就被房间里的异样惊呆了。

床上不见了真拆的身影。

“是去厕所了吗？”

推门的时候把蜡烛放到了端着饭碗的那个手上，这会儿又挪到空着的手里，举起来照着前面。

只见薄薄的被子掀了起来，胡乱地团在榻榻米上。

她不相信似的歪起头来。房间的角落里是脱下来扔在那里的睡衣。但是老板娘并没有注意到。再放开视线环视时，发现了枕头边上的行李。老板娘这才放下心来。突然觉得饭碗的重量增加了似的。

于是她走进屋子里，放好饭碗，整理好和服下摆端坐着。摆放在眼前的，是今天才初次开放的昙花那白色的花朵。花是数年前从大阪来的客人留下的，客栈一直养到现在，没有枯死。

老板娘闻着那飘荡在夜风中的芳香，略略无精打采地叹了口气。接着像远眺着某个地方似的望着跟前的花。

从方才开始，老板娘的心中涌起了无以言表的悲哀之情。和记忆一起苏醒的，是那许多模糊的思绪，冷冰冰地紧紧贴在胸口。

老板娘之前从未和人提起过阿泷这个女人的事情。一方面也是因为没有机会。不过，即使有机会应该也不会说吧。老板娘不相信自己能够把那些事情说出口。述说故人的往事，就意味着把那个人推出去，让她远离自己。又或者说，是尽快承认那个人已经远离自己而去这一事实。那是老板娘无法做到的。至少是她自己觉得做不到。

但是，对着真拆诉说时，老板娘很是惊讶，

没想到自己竟然讲得那么好。虽然会不时地辩解说乡下人迷信得厉害，但还是很有条理地一直讲到了最后，真是不可思议。同时不知为什么又总觉得那是不磊落的勾当。

事实上她觉得，自己想念着的阿泷的身影现在已经远远地离去了。而那渐已忘却的悲哀和新涌现出来的其他悲哀合在一起，压在胸口无法忍受。

昙花上生出了凋谢之色，这让老板娘的眼里蒙上了一层悲伤。老板娘只是一味地用无名指碰了碰花瓣，整朵花都哆嗦了一下，露出厌烦的样子。

太过美丽的东西终归无法长久存活啊，她自言自语地说道。接着又想起了说“小靖，好大一条蛇啊……”时阿泷的脸。不知不觉眼泪就出来了。

少顷，老板娘忽然注意到，本该挂在窗边的真拆的衣服不见了。接着才注意到了远处扔着的睡衣。

老板娘陡然一惊，转过身去。

蜡烛尚未燃尽，就那么静静地熄灭了。

○

真拆拖着渗血的腿，终于快走到山里了。

从客栈溜出来后直接狂奔到了这里。丢掉了拐杖，左腿像铁锹般无数次地戳在大地上，一路跑来。

小谷的影子已抛在身后。沉默得一片清静。周围响着的，只有草鞋踢在土上的声音，以及急促的粗声喘息。

“我本不能下山的！”

真拆说着止住了脚步，透过树木的缝隙向上望着天空。远处月亮的影子并未出现。但是，那皎皎的光辉现在依然耀眼地映照在真拆的眼中。滴落在眼睛里，像要把一切都染成明亮的金色一般映照着。像是要把大地上所有的光全都吸过去集于自己一身那般丰盈的光辉。远远地，冷冷地，明知道无论什么人都无法到达那里，却仍在悄悄地不断引诱人们前来，那么残酷的光辉。无数次死去又无数次复活的光辉。隐藏了不计其数秘密的光辉……那梦幻般的玉镜，正是现在真拆想要拥入怀中的梦中女子的后背。在这幽寂的山坳深处，女子独自神秘地闪烁着被死亡魇住的双眸。如同蝴蝶扇动翅膀一般，慢慢地眨着，望穿秋水般焦急地等待着青年的到来。

真拆能够清晰地看到那姿态。在远处的黑暗之中，鲜亮的梦就那么一幕幕生动地浮现在眼前。

一心一意只顾在山间奔走。胡乱地抓住蔓草，拨开树林，一直在跑。越往前走，枝叶越发繁茂，杂草和荆棘扑面而来。穿透了草鞋的朽木刺着脚心。敞开的胸膛上紧紧贴着几片树叶。露在衣袖外面的双臂上布满了无数伤痕，肮脏的汗液像热水一般渗出来。

喘息格外急促起来。勉强咽下干燥的唾液时，一瞬间就像堵住了似的阻断了呼吸。

山像一群野狗一样执拗地紧追不放。虽然几次想要摆脱掉，还是抓住那细瘦的小腿使劲想要拖到地底深处。真拆的脸痛苦地扭曲着。腿上的伤口处已经流出了大量鲜血。

在客栈凝神听老板娘的故事时，真拆想象着死去的阿泷这个女人，而且，在想到那位母亲之前，就已经开始想象那狼狈地大张着嘴巴、横卧在白皙的美足之下的自己的尸体。想着那个瞬间的无上幸福。他一边跑一边疑惑地思索驱使自己前行的那黑色不祥的冲动。疑惑地想着这极其猛烈的冲动，它竟摧毁了压抑在肉体深处的激情之堤，放任那洪流流遍整个身体。

“我是正在为死亡而奔跑吗？”

晕眩袭来时，真拆这样在心里问自己。

对女子恋慕已久。但是，还从未像现在这般急切地追逐过她的身姿。那是因为他听了老板娘的话后，对女子眼睛里藏着死亡一事深信不疑。因为他相信，那眼睛会像带火的箭一样，尖锐地，炽热地，射穿自己的生命。

“这么说，被杀死是我的心愿喽？”

如此暗自问过自己后，真拆猛地摇了摇头。那么，为了见到女子的面容，即使被那眼神杀死也是没有办法的事情，是自己已经想开了吗？也不是那样。真拆丝毫没有想要逃避死亡的意思。毋宁说是在炽热地渴望着死。得到女子之后还要继续生存下去，这才是真拆最为担心的事情。女子与死，在那刹那间这两者都是必须要得到的。

“——并非是在为死亡而奔跑，决然不是那样！我在那时候，在这生命即将断送掉的那个刹那，就像自出生以来还从未体验到似的，度过了生的绝对瞬间，那纯粹的单个的瞬间。所有的行动悉数被奉上的那个瞬间，不受即将到来的未来所侵扰的那个瞬间……把那带给我的，是高子。我爱那个女人。至高无上地爱着。世界上只有想要去爱的这一种激情，想被人爱这种愿望绝不该称为激情！这才是真正的LOVE！我现在正怀着这全部的激情向着女子那里赶去。我想要看那双眼睛……我的激情全部都是我自己的。确实，我期盼着，在那个成就的瞬间，我就是我，又不是我。我期盼着能与女子结为一体。但是，为此我必须一直是我。直到临近她的眼前为止，直到那个瞬间为止。只有那样我才能和女子结合，才能成为一体！有怀疑的必要吗？不，完全没有，没有。我绝对相信，相信！”

呼吸渐渐微弱，真拆依然迈步向前。

掠过耳边的微风，不知何时变成了河流的声音，从那底处传来了赤翡翠鸟的叫声。听起来那叫声与女子的声音不可思议地重合在一起。真拆觉得，在那天只说出了拒绝之辞的那个声音，现在和逐水鸣叫着的梦幻之鸟的叫声一起，正强烈切实地吸引着自己。觉得像是正在给自己指路。女子的声音发自远方，又在耳边喃喃低语。像是在连缀着并未成句的话音，一味地邀请他向着那高高在上的自己奔来……

——但是，不一会儿，穿过灌木丛后，前路突然消失了。

真拆一直呆呆地站着。

追寻着被圆祐带下山那天的记忆，一心一意奔到了这里。但是，漆黑的夜色在眼前铺开，像巨大的波浪一般把去路全都吞没了。

灌木丛越是浓密，真拆就越是感到不安。还是先穿过树丛再说吧，就这样来到了这个地方。

柞木林面无表情，郁郁葱葱。

从奔走中一停下来，腿上的疼痛猛然间剧烈起来。真拆忍受不住，跪在地上。晕眩立刻摁住双肩，把他的整个身体都压在那里……腐殖土的味道扑鼻而来。头顶上，杜鹃鸟频繁地叫起来，压过了刚才的赤翡翠鸟的叫声。身体沉重，站不起来。伤口那里血流不止。

意识变得模糊不清。真拆不禁向手上运劲儿。

“……只能到这里？”

这时候，眼前瞬间暗起来，随后，视野反而清晰起来。

真拆慢慢转动眼珠，看着眼前的光景呆住了。

“我……”

回过神来，真拆已身在那幻境之中。接着，就和第一次在这座山里迷失那天一样，在伤痛中挣扎着，孤身一人在地上爬。他想：

“……搞不清楚。不过，如果就这样等下去，我又会像之前那样回到现实中去吗？……睁开眼睛，我会看到医生、女佣和老板娘正展开愁眉盯着我的脸，我会顾及他们而无力地微笑是吗？像停在水面上的蜻蜓一般，隐约地和他们每个人的眼睛一一对视？又或者会说个笑话？……不，不过，说不定我就这样失去意识，然后会被大师救回去，在小屋里从睡眠中醒来。或者会在女子的小屋前面，或者是在去百町渡口的途中……啊，但是我搞不清楚。此前我一直相信这个瞬间仅仅存在于幻境中。但是其实，这个瞬间、这个景致才是现实，不是吗？而且，只有在回这里来的时候，我才生活在现实之中，不是吗？……不知道，不知道，但是，过去姑且不提，现在一定是在现实中。我确实是一直走到了这里。是用这双腿走来的。——走过来的？啊啊，确实是那样的。但是，仍然让我怀疑。那又有多少意义呢？那样的事情并不能成为我生存于现实之中的任何证据。这一个月的时间里，我怀着和用双腿走过来般同样的确信，几乎没有做任何无法回忆的事情。尽管如此，现在，那一个一个的场景好像正在消失。不，不光是那些。就连我度过的这二十四年的岁月，好像都悉数消融到了虚幻之中！”

真拆弯起身来，伸手摸小腿上的伤。只是轻轻碰了一下，灼烧般的剧痛就传遍了全身。就像刚刚才被咬了似的，血流涌出的速度很快。伤痛像是在时间里画了一个大大的圆圈，重又回到了最初的状态。

“这伤是刻在我肉体上的烙印。而且是和肉体本身相同的具有欺骗性的烙印。”

真拆想着，无法忍受那苦痛，数次把头蹭到地上。小树枝戳着脸颊，枯叶塞满了耳朵眼。泥土弄脏了嘴唇。

“被吞下去了……深深地……”

已经无法等到明天。真拆明白，自己的生命已活不过这个夜晚。

突然发作般呼出的气息，把嘴边的树叶吹翻起来。头顶上面，树枝静静地鸣响。

“就这样，我要死了吗？”

真拆想着，要站起身来。但是，力气传不到四肢上。仿佛肉体已经处于远离真拆的某个地方。慢慢地眼皮沉重起来，虽然用力眨眼，但眼睛闭着的时段还是变长了。现在就像倒着眨眼似的，紧闭的眼皮只能偶尔勉强睁开而已。

好不容易才抬起右手，摁住双眼。眼皮里面火花四散般闪耀着光芒。忽然女子的后背浮现了出来。被黑暗层层涂抹的天空下，月亮只是照耀在那凝脂般的肌肤上。

“——就是在这个时候，女子会回过头来用那双眼睛射杀我吧？”

在混沌的意识之底，真拆多次这样请求。把仅剩的一点点力气运到了颤抖的手指上。

但是，就像在眼睑下面又落下了一枚眼睑一般，光亮变得昏暗模糊起来。接着，又落下了一枚，又是一枚……

不久，放在眼窝处的右手手指无声地悄悄落在了地上。

○

一会儿之后，真拆觉得眼皮那边变得明亮起来。

女子的背如同透明画般模糊起来。那光亮更加闪耀了，束住了眼角。不可思议般的舒适。就像软软的手掌在温柔地触摸着。

真拆怀疑自己是不是醒过来了。于是，小心翼翼地睁开了眼睛。两排睫毛在那光里朦朦胧胧地慢慢上下分开。

——映入眼中的，是一只在鼻梁上收住了翅膀的蝴蝶。

通体明亮的绿色地儿上浮现出两个炯炯的绯红色纹样，和那天一样，一只艳丽的碧凤蝶……

看上去它好像正在隐约地放出光芒。

真拆依然身处深山之中。不知何时眼睛里汩汩流出了泪水。

蝴蝶灵巧地挪动着它那如同折断的发丝般细弱的腿脚，穿过鼻梁走到了眉间。那本不该承受的肉体重量的腿脚，是多么无意义的一种美丽啊！那纤细的触感把真拆带到了奇妙的怀念和遥远的思绪之中。

“……啊！”

落在左眼窝里的蝴蝶，被这无意间发出的声音吓到，散下冰晶般的鳞粉后飞了起来。眼睛被这吸引住向上看去，趁势抬起上半身，双肘紧跟着支撑起了身体。——没想到，觉得好像又能走路了。

扶着身旁的树勉强站起来后，仿佛整个身体里的血一下子都涌到了头上又一滴不剩全部流走了，猛烈的头晕向真拆袭来。就像打碎玻璃撒在了太阳光里似的，眼前被灼耀的光包围住。不由得闭上了眼睛。站起身之前看到的景色忽地从眼底穿过。再次睁开眼睛，一片耀眼的光，宛如白昼。随后，在那无边无际的明灭深处，蝴蝶的轮廓隐隐约约浮现出来。

那优雅的翅膀穿越现实与梦幻的间隙。光汇聚起来，着色、赋形，和朦胧的轮廓重合。黑暗在夜的山间驰骋。

——蝴蝶肯定是来指路的。本来道路就只存在于那光辉之下。

即使已无数次双手撑地，真拆还是一心只顾追赶着蝴蝶。抹一把额头，发现那已经有些麻痹的诸多伤口上渗满了汗。稍微有些流血的右臂被蝴蝶散落的鳞粉弄脏了，就像刷上了金漆似的放着光。脸上的肌肉发热，肌肉表面的皮肤不停地发汗又蒸发掉，冷冷地覆盖着。

蝴蝶还在继续爬升。钻过柞木之门，把那繁茂的小树垫在脚下，唯一的一条道路显露了出来。真拆喘着粗气，强忍着苦痛，以发足狂奔的气势沿道路前行。虚弱是一定的。但是，羸弱的身体里不可思议般充满了力量。真拆现在活过来了。因为所爱的人，还因为某种力量，而且可能是比爱人更为强大的某种巨大的力量！

随着暗夜慢慢打开，真拆的思绪贯穿起了过往。徜徉在这同一座山间追着同一只蝴蝶那日的晚霞，在客栈里忽然间消失了踪迹的老汉的侧脸，去了吉野的女子的阳伞，出来旅行之前的所有日子……活到今天为止的所有的瞬间。如同附着在射出的箭上的风景一般，记忆决然无法抓住。只是，在那其中，高子的后背，那隐约窥见的侧脸，依然隐约地一闪，一闪。

这些都不仅仅是浮现在心里而已。真拆正用肉眼看着那一幕幕。

山中的景色慢慢转成记忆的影像，化开来，成了一串长长的幻景。景物的形状散失了，颜色相互融合。接着，眨眼间再次出现的森林深处的光景，尖利地切开了那现实与记忆的炫目混淆体。

有东西把真拆从远处硬拉过来。与此相反，还有东西在背后抓住那受伤的腿不放。两股力量各自激烈争抢着肉体。说来那就是同一个力量。在深渊里结合在一起的一个力量。就像一只巨大的螃蟹捕获了一条小鱼那样，用一只蟹螯抓住头部，另一只蟹螯抓住尾部，要把它撕碎般用力拉扯着，慢慢送到口边来，真拆现在被这两股力量揉搓着，渐渐向着深渊靠过去。

蝴蝶翅膀上的绯红色纹样越发鲜明地闪耀着。接着，现在仰头望见的地方，的的确确，现出了那座禅堂的孤影。

○

路已经出现在眼前。

压过了郁郁葱葱的树林，模模糊糊浮现出来的那块区域逐渐显露出来。

并没有多少距离。但是，那是一段何其遥

远、何其艰难的路程啊。那里横亘着凝缩之后的无限。仿佛吞噬、压缩了这世界上所有运动般的浓密的无限横亘着。就像摇着没有桨板的橹船似的，肉体难以前进。眼睛估测的时时刻刻都在骗人，只有凭一刹那的苦痛才能感知距离。

眼皮越发沉重，眼睛的眨动频频撕裂着世界，执拗地从那底处把熟悉的幻境呈现出来。此时两个世界正在旗鼓相当地争夺着真拆，他的身体每个瞬间都被俘虏着。拖着腿继续跑着。在森林之底爬着。变化无穷无尽，各个残像重叠起来，又构成了一幅别样的景色。小腿上的伤疼得厉害。眼睛眨得多起来。自己这是什么时间在哪里做着什么，真拆已经连这些都无法确定了……

蝴蝶已不见了踪影。——一注意到这点，真拆的眼前就像打开门闩敞开了一扇门似的，忽然展现出全新的景色。

真拆呆住了。

确实就是那个庭院。但是，无论如何寻找，

都已找不到丝毫往日的迹象。树木都掉光了叶子，花草也尽已枯萎，作物也消失得无影无踪。昆虫一类也不见踪迹，只有粘在蜘蛛网上的飞蛾遗骸从旁边的树枝上垂下来，静静地摇晃着。之前所到之处满眼看到的那生命恣意的喷涌，在凋落之后消沉下去，现在已了无痕迹。而且，一片黑暗如云霞般占领了那里。

晕眩再次严重起来。眺望着这一切的时候，真拆不停地往来于另一片景色之间。

心生焦躁。回头望向禅堂，看到了坐着睡去的圆祐的身影。

沉默如潮水般涌到脚边，和森林深处的静寂合在一起，渗入到小腿处的伤口里。真拆害怕起来。为那苦痛，为那无法形容的愉悦感。

“伤我最深的，是这毒，是这沉默。”

真拆猛然间悟到了这一点。这沉默比所有语言、所有行为都更加强烈地让真拆远离高子。这沉默使他到了高子那里，却不被允许留在高子身边。这沉默甚至连和高子一起去越过高子都不被允许。还有，总之这沉默绝不会成就真拆的激情、绝不会成就他对高子的爱……

真拆回过头去，飞速跑起来。那是注定要被打破的。就是现在，在这一刹那，必须要被打破。不是用语言。就是用自己的脚踏出去的那一步。

穿过院子、靠近小屋时，真拆的耳边真真切切地传来了女子的呜咽声，如泣如诉像连续不断的珍珠一般。

真拆喊起来：

“喂，不要再哭啦！我回来了，为了和你相见，就是为了触碰你那双眼睛！”

女子继续哭泣。

“为什么在哭呢？那眼泪不是为我而流的吗？不，我不相信，不相信那样的事情，在呼唤我的是你，引我前来的是你，我在这里，在你的身旁……请从那里出来，出来让我看看你的脸，要不然我——”

真拆在门口徘徊，趁势把手放在门上。使劲儿用手指一推，腐烂的木头表皮就像土块般掉在地上。但是，门依然牢固地关着，纹丝不动。

“不，别过来，请不要过来……啊，请就此回去吧，请下山去吧，”

女子惊恐的样子让真拆放弃了强行入内的想法，围着小屋转了一圈，停在传出声音的那面墙壁前。

继而又屏息凝气般喊起来。

“让我回去？就这样没见到你就回去？不，做不到，我做不到！为什么呢？为什么不能见我呢？你对我……”

“请不要再说下去了。”

“不，我已经知道了，你的出身，你的眼睛会害人……但是，一切都知道了也没关系！我还是想看你的脸，你那美丽的脸！”

“不行，那是不好的想法……”

“为什么？为什么不让我看你的脸？”

“我不能杀死您，啊，只是那样说说都会觉得粉身碎骨般难受！”

“你果然知道，还非要装作不知道的样子，我是多么地想你啊！”

“不知道！”

“你知道，死在你手里，对我来说没有半点儿不幸的地方，而且我是多么地渴盼啊！”

那些话打在墙壁上，就像涌向岸边的波涛一般，撞碎了四散开来。

高子一时语塞。

“我已经没有时间了，眼看你就要远离我而去了。”

沉默重重地压在他的背上。小屋模糊不清。即使睁开眼睛，森林的景色也没有退去。

真拆把双手抵在墙壁上以支撑身体。那声音又让高子吓了一跳。

“啊，太痛苦了，从没像现在这样诅咒过我自己，我把您招引来了这里，这是最最痛苦的事情，我的心一半是我自己的，剩下的一半归属于某种来路不明的可怕力量，只要一想起那个人就会想要见到他，不管在多么远的地方，不管离得多远，不知不觉就会呼唤他，即使不情愿，想法也一定会实现。”

“你确实出现在了我的梦里，你那无与伦比的美丽身影。”

“但是，即使连做梦的您，都是我做的梦……对我来说，梦和现实都是一样的，在杀死您这一点上没有什么不同，啊啊，正因为这个，拜托，请您回去吧！”

“不，那样的话就更好了，我就是在梦里碰到你的，对我来说也是，梦和现实都是一样的。”

“不，您和我是不一样的，您是应该在人群中死去的人，是在人们的记忆里才能不断死亡的人。”

“说什么呢！没关系，就让我做一滴没被人类历史完全吸进去的夜露吧。”

“不行！”

“我的死，自有这大地会知晓，明月会知晓，你也会知晓！”

“啊！”

“对，我的生命如大海波涛散出的水花般瞬间灿烂，如大树苍翠的叶子般刹那闪耀，既然早晚都要失去，那今天就在这里，在你面前！有什么放心不下的吗？在你追想着我的时候，在你做梦的时候，我怎么可能会不再活过来呢！如同死去的月亮重新开始发光一般，每一次我都会复活，真正地复活！”

“不行！下山去的话，肯定还会遇到几段刻骨铭心的感情……”

“你说下山去的话？将来有可能会发生的事情究竟有什么意义？难道说要寄希望于明天而舍弃这个瞬间吗？啊——我不想听那样的话！”

真拆声色俱厉起来。

“我的爱，一定要说给你听，我的爱是一把剑，锻造的火焰就那么熊熊燃烧铸就的闪耀着绯红色光芒的炽热的剑，但是，那曾经只是一把收在纹饰精美的剑鞘里的剑，拔出来刺出去肯定连人都能杀死，不过那并不需要证明，只要是剑，那里面就肯定藏着死亡，一击即中的死亡！只要褪去一次剑鞘即可，如果剑锋粗钝那就到此为止！现在，我拔出了那把剑，在你的面前拔出了剑，剑鞘早已扔掉，无法再收起来！你只要握住剑柄抵住我的胸口，然后使出全身的力气刺进去就好！深深地，深深地，朝着另一边一直刺穿般！”

高子猛烈地呜咽着。那些话和真拆成为一体。成为一体才越发真实，成为一体才越发空虚。那些语言自行破裂，碎成了尘土，轻易地就被放过去了。现在高子才真正了解了真拆。

但是，在那期间沉默也潋滟地满布开来。小屋的影子模糊地远去，沉到了森林之底。头疼得厉害。撑在墙壁上的双手手掌中，干枯破碎的爬山虎的触感消失了。小腿上的伤疼起来。喉咙发热。

如同被冲到了海边的水母，真拆的腹下渗出了冰冷的波浪。上来又退回去，就像周围的沙子被一点点地攫走了似的，身体渐渐被吞没到了地里。夜色很浓。杜鹃鸟高声啼叫。焦躁在耳朵里猛敲着鼓。

从额角落下一滴汗，进到了眼睛里。真拆抬起了头。接着，把渐渐模糊下去的意识和浮现在眼前的月亮联系起来。

所有的光景都从那没有任何阴翳的耀眼的镜子表面掠过。真拆现在反而能清清楚楚地看到女子的身影在那里凸显出来。她的头发，胳膊，后背。

然后，正当一直憧憬着的那面孔、那双眸即将在那里呈现的刹那，就要回过头来射穿真拆的刹那——从小屋里面传出了像要把黑暗撕裂般的高子的声音。

“啊，已经没什么好犹豫的，现在我也要表明心迹，我一直多么地想您，多么地爱您，多么想能够永远爱着，啊——是的，每时每刻都无法忘记，爱得多么地深，多么地苦，多么地悲伤！——从一开始就觉得没有实现的可能，一直在逃避，我的爱情啊，现在出现了一个何等的奇迹啊，竟然要实现了，您不惜用您的生命来爱我！”

声音切实地传到了。真拆感激涕零，对着远去时刻不停地沉入黑暗的月亮大声喊道：

“那样的话，喂，请从那里出来！出来，请用那双眼睛看看我的脸，爱着你的人的脸，也是你爱的人的脸，好好地看，认认真真地看！你带着这记忆活下去就好，想着这张只看过一次的脸，这双眼睛！”

“不，我怎么可能只让您一个人死去？我才不要失去这个瞬间，和您在一起的这个瞬间，一生之中仅此一次的这个瞬间！请不要留下我孤身一人！失去了您，我怎么可能继续苟活下去，怎么可能一直承受住那痛苦！请您看看我这悲伤的眼睛，然后，请让我看看您的脸，我要和您一起死去，一起死去，和此生唯一爱过的您一起，现在，在您的旁边！”

女子的话让真拆浑身颤抖。

“啊——怎么会这样！是的，那些话正是我心底所期盼的，正是我渴望的！——这个瞬间！这个无上幸福的瞬间！我也一样，想和你一起死去，在你的旁边和你一起！……啊，但是，不甘心啊，不甘心，来到了这里，……赶到了这里……已经来不及了吗……巨大的波浪吞噬了我……太黑了，太黑了……来不及了……月亮沉下去了……喂，快啊，请尽快让我看看那容颜……把这黑暗掀开、撕开，然后，请用那双眼睛，那双发光的眼睛射穿，……深深地……深深地……把我……把一切……”

○

……山顶在旭日的照射下柔润起来，渐渐浮现在天空中的时候，从禅堂出来的圆祐穿上草鞋，独自向高子的小屋走去。

赤翡翠鸟啄着积在庭树上的夜的残渣，一声接一声地叫着。长长鸟喙上的鲜红色映在苍茫的晨色里，很是艳丽。树枝摇晃时微微地动着。鸟爪上垂着一枚枯叶，眼看就要掉下来似的。

一群在地里跳来跳去觅食的麻雀，被圆祐的气息吓到，一下子都飞起来，纷纷逃到了禅堂檐下、小屋屋顶上等各个地方，又叫了一阵子。

和往常没什么不同，一个宁静的早晨。

正要穿过院子时，圆祐的目光不经意间停在了脚下盛开着的薄雪火绒草上。整个院子都已完全凋零，只在这一个地方还不可思议般残存着鲜花。像被生有苔藓的岩石整个覆盖住了似的，那可爱的一丛，呼吸着今天的凉爽空气，争相绽放着鲜亮的花瓣。

恰如那焕然一新的梦醒时分。

高子倒在小屋门口。隐约泛着青色的美丽瓷器般的脸上搭着少许凌乱的乌发。像抹错了地方的口红似的，一行鲜血从嘴边流到地上，在那里留下一条斑痕。

默默伫立了片刻之后，圆祐单膝着地把高子抱在胳膊里。

亡骸轻如棉花。站起身时，抬起的脖颈从臂弯中滑落，下颌朝天，嘴唇微微张开。

从森林深处传来了杜鹃的叫声。

圆祐迈开了脚步。

渐渐泛红的太阳照亮了高子的面庞。那一双眼睛都优美地闭上了，润湿的睫毛耀眼地闪着光。

走了不一会儿，圆祐站住打了一个大喷嚏。也是在那时，一束沾上了血迹的白发从胳膊里散落下来，迎着风静静地飘荡着……

当想要再次起步前行时，僧人像是被谁叫住了似的，慢慢回过头去。

在那个刹那，在高子留下的血痕处，一只光彩夺目的蝴蝶飞了起来。

《一月物语》解说

渡边保

平野启一郎的《一月物语》是一部现代神话。

古代神话是通过口头传诵自然而然成立的。带着一些在今天看来难以理解的谜团，经过长时间历史的洗礼流传到了今天。所以并不是由个人创作的。如果在现代合理主义社会中有一个作家想要写神话，那基本可以说是近乎鲁莽的冒险。平野启一郎正在挑战这一冒险。为什么这是必须要做的呢？因为，在21世纪的文学遭遇了合理主义陷入穷途末路之后，神话再次成为了文学的必备因素。对此我将在后面详述。就像在自我意识领域的二元论已经无路可走一样，对于在语言与行为、激情与外表的矛盾中苦苦挣扎的现代精神而言，无论如何都需要能够超越这些的逻辑，这就是原因所在。即使那是充斥着无数危险的逻辑，被吸引到那里去是现代文学无法规避的宿命吧。

平野启一郎为创作神话而使用了四种方法。

第一，时代和地点的真实设定。

第二，修辞上的拟古典式手法。

第三，作家自身直面问题的导入。

第四，类似于古典能剧的结构。

关于第一点。神话不会严格规定时间和地点。但是《一月物语》中对时间和地点的设定却极为真实且细密。为了这些设定，估计作者已实地走了很多次，也对时代进行了详细的调查。

明治三十年初夏。明治三十年是公元1897年。中日甲午战争双方缔结《马关条约》两年之后，十津川泛滥引发洪灾八年之后。地点是奈良县十津川村往仙岳及山麓。当时从东京到十津川村去需要从新桥站出发乘坐东海道线列车先到京都，在京都住一晚。然后走“刚刚开通不久”的奈良铁道去奈良。从那里乘大阪铁道列车到高田。再住一晚上，然后走南和铁道直到终点二见。从那里开始步行经过高野街道、小边路，就是去熊野本宫的旅途中了。在旅途中，主人公井原真拆不小心闯入了往仙岳的深山里。当然，如果是一般的小说，该种程度的时间和地点的设定是理所当然的吧。但是，对像这部小说这样的幻想性作品来说，那样的设定真有必要吗？这里确实作出了非常详细的设定。为什么呢？这是因为，使这部现代神话得以成立的大框架，正是现实性的真实度。这里所描写的自然是幻想性的，同时又必须是现实性的。幻想的成立离不开这样的现实。

第二点。只要是小说，必然需要通过语言来表现现实，不过，这里的语言又很是特别。使用的词语让人觉得好像是明治时代的小说。在晦涩的汉字上标注假名读音。而且其表现是拟古典式的。比如说，杜鹃鸟的叫声在小说里起到了重要作用，一般杜鹃鸟在日语里就写作“**杜鵑**”。这篇小说里却使用了“**夕影鳥**”的写法，而且还出现了“**死出の田長**”（意为“来自黄泉之鸟”）这样的古称。之所以需要这样的修辞，是因为小说一方面有现实性，另一方面又要营造出神话的梦幻性。如果使用现代的普通词汇，神话就无法成立了。

第三点。身处现代的作者将自身的问题投射到了明治三十年这位二十五岁的诗人井原真拆的苦恼中。比如可以举出两点问题。一个是语言和行为的问题，再一个是自我意识的问题。

真拆这样认为，“在到达自然的最深远之美的那个瞬间”，“作为认识主体的人与作为对象的自然戏剧性地一致起来，认识本身成了无法实现的事”，“作为叙述者的自己与被叙述对象之间的区别消失，成为了一个整体”。这正是三岛由纪夫在《太阳与铁》中呈现出的那个瞬间。很明显，这一不幸的矛盾也是在没有任何进步的时代中仍要坚持讲故事者所要面对的。

关于另一个问题，“无法舍弃这已然拥有的自我，无法下定决心回归到作为自然中的一个现象的生存”“激情不允许他那样做”“期望能够与不被那二元论切断的某种超越性存在融为一体”，真拆的这些苦恼属于明治三十年的青年人，同时也是今天我们自己的问题。

第四点。神话成立的关键在于其结构。《一月物语》的结构让我想起了能。因为能本身正是最精彩的描写神话的方法。作者并没有意识到，这部作品自然而然地和能相似，这是因为二者之间存在结构上的相似性，而结构正是神话的关键要素。

《一月物语》以从东京到往仙岳的“纪行”形式开篇。前半场地点是往仙岳山间的庐庵。主角是小屋里的女子，配角是井原真拆，副配角是老僧圆祐。通常而言真拆很容易被认作主角，实际上并非如此。这正是作者的高明之处，主角始终是小屋里的麻风老妪——梦中的美女，真拆是引出主角的配角，这种双重结构使神话的幻想性得以成立。

从真拆下山那段开始，进入了旅馆老板娘的一段很长的“间狂言”。老板娘的讲述和“纪行”一样，既真实又具体。插几句题外话，我第一次读这部作品是一年半之前。时至今日我都会偶尔突然想起小说的某些部分。那些断片般的记忆。紧凑的、珠玉般的部分。比如前半场的庐庵院子里，向着后面小屋而去的逐日繁盛的长势。再比如梦中女子待要回头又未回过来时那裸体的样子。那些断片始终那么鲜明，让人无法忘怀。不仅是无法忘怀，也让人难以理解。读者一旦拿起这本书开始读就会觉得无法释手，原因就在于这些断片给人留下的强烈印象和谜团吧。老板娘的故事把这些断片一下子穿了起来。能的“间狂言”就是从另外一个视角来揭开前半场之谜的。

这部作品也是，通过“间狂言”把之前零散的各个场景一下子连接起来，呈现出了事件的全貌。

了解了实情后的真拆再次返回往仙岳山间，这是后半场。后半场的主角当然是那位小屋里的女子。配角是真拆。是主角和配角之间的激烈对决。序破急的原理是能在结构上最为重要的法则，这里就是最后的“急”的部分。

女子死了，配角真拆的身影却无处可寻。连尸体都没有。抱起女子尸体的，是书中的副配角圆祐。

真是精妙的结构，和能确实很相似。甚至让人觉得很想看小说改编成的能剧。可以说，凭借和能相同的结构，现代神话在此成立了。

方法即为以上四点。时代与地点的细致严密的设定，拟古典语的运用，与现代相通的语言与行为问题、人类自我意识的问题，和能相似的结构。通过这四种方法，这个神话成立了。

这样结构起来的一个神话展现在我们面前

的，是一位女子悲哀的一生，是那里表现出的自然之力的可怕。

在旅馆老板娘讲的故事里，最让我揪心的，是阿泷的女儿这个少女的命运。本来阿泷的父母应该会对外孙女宠爱有加，含在嘴里怕化了，捧在手心怕飞了。但是他们却很害怕这个女孩所拥有的眼睛的力量，母亲死了，父亲用兽皮把孩子包裹起来，很长时间都不肯拿掉。何等残酷的命运啊。女孩没有任何罪过。天真的少女不得不那样过活。即使是长大成人以后，还是被幽闭在深山小屋里，虽然想着男子，却连和他见上一面都无法做到。如果见面，男子就会死去。只能回过脸去哭泣。在梦中也是一样，如果没有梳子，回过头来的女子的眼睛必定会把男子杀死。梳子是什么呢？不管是象征着别离的梳子，还是认为折断梳子是不吉利的这样的民俗传承，这里都隐藏着深意吧。

“见毒”是什么呢？看这一行为就是毒，这里面恐怕有两层意思。这是因为，看见了什么，其实就意味着看不见真实。俄狄浦斯说眼睛阻碍他看到真实，于是剜去了眼睛。恶七兵卫景清说只要眼睛能看见就无法断掉对源氏的怨念，于是剜去了眼睛。俄狄浦斯和景清都认为，眼睛看到东西让他们错过了本质。这是其一。

第二点在于，说眼睛是心灵的窗户，会暴露人的内心。眼睛像嘴一样能说话。

这两点都包含在“见毒”这个词里面。再有，这“见毒”之所以变成了女孩的命运，是因为母亲阿泷在往仙岳山间遇到了大蛇，被大蛇侵犯怀了孕。阿泷也是“见毒”的牺牲者，女孩从父亲大蛇那里承受了这样的命运。

大蛇是什么呢？它是自然的可怕的力量，隐藏在森林深处。

女子这样说：

我的心一半是我自己的，剩下的一半归属

于某种来路不明的可怕力量，只要一想起那个人就会想要见到他，不管在多么远的地方，不管离得多远，不知不觉就会呼唤他。

真拆连尸体都不见了，是因为被这“剩下的一半”拖到森林深处去了吧。想想女子悲哀的人生，会越发觉得，“剩下的一半”这“某种来路不明的可怕力量”的世界在那里浮现了出来。美丽的碧凤蝶，眼睛放光的骇人毒蛇，不明身份的老人，所有一切都消失在这“可怕力量”的世界中去。而且，这个世界还唤起了我的回忆。

那时候我正站在山顶上，日高川的源流尽收眼底。在我眼下，河流弯弯曲曲蛇行流过深深的山谷，水面沐浴着早晨的太阳，宛如蛇鳞一般闪闪发光，向着远处道成寺的方向蜿蜒而去。那一刻，我觉得这条河流才是《道成寺》中女子的原形。因为我觉得，蛇行流过山间的河流那弯弯曲曲的样子，正是女子的思慕本身。毋庸置疑，那里是神话的起源之一。

《一月物语》也是与这自然的源泉紧密相连，流到了一个个现代读者之中，并在读者心中复苏的作品吧。这是我称此为现代神话的原因。

（平成十四年七月，戏剧评论家）